SEINE MENSCHLICHE MANAGERIN

MICHELLE MILLS

Übersetzt von
NATHALIE HOPPER
Edited by
YANINA HEUER

Titelbild: Mayhem Cover Creations

Herausgeber: Aquila Editing

❀ Erstellt mit Vellum

HOLEN SIE SICH IHR KOSTENLOSES BUCH!

Tragen Sie sich in meine E-Mail Liste ein, um als erstes von Neuerscheinungen, kostenlosen Büchern, Sonderpreisen und anderen Zugaben zu erfahren.

https://geni.us/jungfrauunddervampir

SEINE MENSCHLICHE MANAGERIN

Ein mürrischer Alien-Boss heuert eine kurviges, hinreißendes Menschenweibchen an, um sein Chaos zu beseitigen – und schwört, sie niemals wieder gehen zu lassen!

SEIT VIER LANGEN Jahren bin ich jetzt mit demselben nervigen Kerl verlobt, und immer noch ist kein Hochzeitstermin in Sicht. Grr. Nachdem ich mittlerweile wirklich die Nase voll von diesem Schwindel habe, teile ich meinem „Verlobten" mit, dass ich einen Job auf einem anderen Planeten annehme. Ich kann nur hoffen, dass dieses unverschämte Verhalten meinerseits ausreicht, damit er endlich unsere lächerliche Verlobung auflöst. Irrtum, tut er leider nicht. Also gehe ich einfach und werde Managerin für irgendein gruseliges Alien.

MEIN GRIESGRÄMIGER BOSS heißt Skoll Strikestone. Er ist ein Feuer speiender, teuflisch aussehender Soldat mit einer tiefen Narbe, die sein Gesicht förmlich zweiteilt. Ich zweifle an meiner eigenen Zurechnungsfähigkeit, diese Position anzunehmen, aber der Typ braucht wirklich dringend Hilfe beim Aufräumen. Er ist ein unwirscher Mann, der gerichtlich angeordnete Konflikbewältigungskurse besucht, und mich angeheuert hat, um das Chaos zu beseitigen, das er in seiner Hütte in den Wildlands angesammelt hat.

Uff.

Relativ rasch bemerke ich, dass dieser cholerische Dämon ein Herz hat, das so weich ist wie ein Marshmallow und die härtesten Bauchmuskeln, die ich je gesehen habe. Seine langen Reißzähne, die scharfen Klauen und der mit Widerhaken versehene Schweif lassen mein Herz tatsächlich flattern!

Allerdings gibt es ein großes Problem an der Sache – grundsätzlich bin ich ja immer noch mit jemand anderem verlobt, ebenso wie Skoll. Tja, und nachdem wir beide immer noch an diese alten „falschen" Verlobungen gebunden sind, darf es zwischen uns nicht mehr geben als hitzige Blicke und emotionale Gespräche.

heul

Oh verdammt, ich glaube, ich verliebe mich in einen Mann, den ich nicht haben kann.

ARIANA

„Mein Name ist Ariana Gonzalez die Fünfte und ich werde diesen Scheiß nicht auf mir sitzen lassen."

Diese Aussage hat weniger Kraft als sie sollte, wenn man bedenkt, dass ich sie laut in ein leeres Büro rufe, aber meinen Gefühlen Ausdruck zu verleihen, fühlt sich zumindest gut an. Ich werfe mein dunkles Haar über meine Schulter nach hinten, hebe mein Kinn und stelle mich aufrecht hin.

Ich bin eine Gonzalez aus einer traditionsreichen Familie, die für ihre Einstellung gegen Gefangenschaften bekannt ist.

Meine Mutter hat den Sheriff erschossen. Großmutter hat die Hurlianer, die ihre Familie entführen wollten, eigenhändig zur Strecke gebracht. Urgroßmutter Gonzalez leitete einen erfolgreichen Schmugglerring auf dem Schwarzmarkt. Und meine Ur-Ur-Ur-Großmutter, Ariana Gonzalez die Erste, gründete die Stadt, in der wir leben.

Das Blut dieser starken, unabhängig denkenden, vielschichtigen Frauen fließt durch meine Adern und ich weiß, dass es jetzt für mich an der Zeit ist, diese Verantwortung zu übernehmen. Ich habe endgültig genug davon, dass andere mein Leben bestimmen. Verlobt mit einem Mann, der sich nur um das Geld kümmert, das auf meinen Konten liegt, und der sich meinen Einfluss für seine Karriere zu Nutzen macht. Es ist wirklich lächerlich. Ich bin seit vier langen Jahren verlobt und … genug ist genug.

Mein Vater hat diesen Mist ursprünglich angezettelt, aber er ist kürzlich verstorben – seine Beerdigung war letzte Woche. Ich bin jetzt zweiundzwanzig Jahre alt, eine erwachsene Frau. Jetzt ist endgültig Schluss damit.

Ich stoße die Tür auf und trete auf den Flur hinaus.

Heute werde ich meinen unechten Verlobten abservieren.

Antonio weiß nicht mal, dass ich im neuen Regierungsgebäude arbeite. Verrückt. Wie kann er es nicht wissen? Auf der Suche nach ihm laufe ich durch die Gänge, bis ich ihn schließlich im sonnigen Innenhof finde, wo gerade eine Art Sprechstunde stattfindet. Er ist groß und sieht fantastisch aus. Seine breiten Schultern, der schlichte dunkle Anzug und die rote Krawatte sind leicht zu erkennen. Wie alle anderen stelle ich mich an, um ebenfalls die Chance zu bekommen, auch nur kurz mit Jose Antonio Flores Sanchez, dem Bürgermeister unserer Stadt, sprechen zu können. „Toño", wie ihn die Mädchen schwärmend und verträumt nennen, ist charismatisch und äußerst beliebt, und die sich langsam bewegende Schlange besteht überwiegend aus kichernden, flirtenden Frauen, die so tun, als hätten sie tatsächlich wichtige Themen, die besprochen werden müssen. Gott sei Dank habe ich in weiser Voraussicht mein Tablet mitgebracht.

Vierzig Minuten später bin ich endlich die Nächste in der Schlange. Antonio schaut verwirrt auf mich herab und hat offensichtlich keine Ahnung, wer ich bin. Einer seiner Angestellten flüstert ihm etwas ins Ohr und sein Gesicht hellt sich auf. „Oh, hallo, Miss Fernandez Gonzalez, es ist schön, Sie wiederzusehen."

„Ariana", erinnere ich ihn. „Und ich habe meinen väterlichen Nachnamen abgelegt. Ich heiße jetzt nur noch Ariana Gonzalez. Ich bin deine Verlobte, schon vergessen?"

Überall um uns herum regnet es überraschte Blicke und ein Raunen geht durch die Menge: „Sie ist seine Verlobte? Das kann nicht sein. Warum hat sie mit uns in der Schlange gewartet? Warum wusste ich nicht, dass der Bürgermeister verlobt ist?"

„Hm." Zutiefst unbeeindruckt nimmt er meine Hand in seine kalte Handfläche.

Aus der Nähe sehe ich seine makellosen, weißen Zähne und seine perfekten Lippen. Das schimmernde schwarze Haar und die funkelnden dunklen Augen sind beinahe hypnotisierend. Seine Stimme ist tief und melodiös. An seinem Kiefer sind leichte Stoppeln sichtbar, die seinem aalglatten Äußeren eine männliche Note verleihen. Ich sollte genauso ehrfürchtig sein wie alle anderen, aber diese Art von Magie funktioniert bei mir nicht. Ich bin immun gegen seinen Charme.

Er mustert mich von oben bis unten. Sein anfängliches Lächeln verschwindet und seine Lippen verziehen sich vor Abscheu.

Igitt. Ich weiß genau, was er denkt – da ist es wieder, dieses „fette Mädchen". Das Mädchen, das er gezwungenermaßen heiraten wird, weil mein Reichtum und mein Ansehen ihm eines Tages die Präsidentschaft einbringen werden. Wir werden heiraten, er wird mich sitzenlassen und mein Geld als Hebel für seine politische Karriere in Singapur benutzen. „Meine Frau ist die letzte Frau der Gonzalez-Familie", wird er vor seinen Wählern prahlen, obwohl er mich nur selten sehen wird.

So würde meine Zukunft mit diesem Mann aussehen. Ich kann es mir bildlich vorstellen und bin entsetzt.

Warum sollte ich mein Leben mit einem Mann verbringen wollen, der die Augen schließt und in Gedanken bei anderen Frauen ist, während er mich fickt? Warum sollte ich mir das antun wollen, warum sollte Antonio das für sich wollen? Gibt es keinen anderen Weg für ihn, um das zu erreichen, was er sich vom Leben erwartet, und das mit einer Partnerin an seiner Seite, die er wirklich liebt? Das ist doch schrecklich für uns beide.

„Ariana …", wiederholt er entmutigt. „Es ist schon lange her."

Ja, es ist tatsächlich eine lange Zeit vergangen. Drei Jahre, zehn Monate, acht Tage und fünf Stunden – um genau zu sein – ist es her, seit wir das letzte Mal persönlich miteinander gesprochen haben. „Ich nehme einen Job auf einem anderen Planeten an", verkünde ich.

„Nein, das tust du nicht", antwortet er sichtlich verwundert.

„Doch, das tue ich."

Er wirft einen Blick auf all die Leute, die unseren Austausch schamlos belauschen. Mit einem falschen Lächeln beugt er sich zu mir vor, als würden wir ein angenehmes Gespräch führen, während er seinen Griff um meine Hand verstärkt und zischt: „Du gehst verdammt noch mal nicht."

„Das tue ich wohl", beharre ich, „ich habe versucht, dir eine Nachricht zu schicken, um dir das mitzuteilen, aber du antwortest nie auf meine Pings. Die Termine, die ich vereinbare, sagst du immer ab." Hier stehe ich also und erzähle ihm diese wichtige Nachricht in einem überfüllten Innenhof mit vielen, vielen Leuten, die uns zuhören, aber das ist seine eigene Schuld und ich empfinde keine Reue.

„Wir werden heiraten", knirscht er. „Du wirst nicht gehen."

Ich reiße meine Hand aus seinem Griff. „Wann? Es gibt kein fixes Datum für diese *Hochzeit*. Wir sind schon seit vier Jahren verlobt und wir lieben uns nicht einmal. Du willst mich nicht heiraten. Wir haben uns noch nie geküsst, noch nie ein richtiges Gespräch geführt. In Wirklichkeit sind wir Fremde. Das ist doch lächerlich. Löse die Verlobung auf und heirate jemand anderen."

Wut blitzt über seine perfekten Züge, bevor er sie verbergen kann: „Ich werde die Verlobung nicht lösen."

Natürlich wird er das nicht. Verdammt noch mal. Dafür ist der Einsatz zu hoch. In dem Moment, in dem mein Vater mit dieser Idee an ihn herantrat, ergriff er die Chance, mein Geld zu nehmen und sich damit aus dem Staub zu machen. „Nun, du solltest es aber tun, denn ich will dich nicht heiraten. Ich gehe und komme nie mehr zurück."

Das ist die einzige Möglichkeit, die ich habe, denn ich kann unsere Verlobung nicht selbst auflösen. Ich bin gesetzlich verpflichtet, diesen Mann zu heiraten, vorausgesetzt er entscheidet sich nicht dagegen. Ein Team von Anwälten hat versucht, mich da rauszuholen, aber sie schaffen es nicht. Antonio Flores muss unsere Verlobung lösen, oder wir werden tatsächlich zu seinem Wunschtermin heiraten. Entweder ich heirate ihn, wann und wo er will, oder ich verliere mein Erbe und ende pleite und obdachlos. Das ist auch der Grund dafür, dass er so nachlässig und gleichgültig ist. Er denkt, ich sitze in der Falle. Der Großteil meines Geldes ist in einem Treuhandfonds veranlagt, bis ich heirate. Dad hat dafür gesorgt, dass ich nur erben kann, wenn ich den Mann heirate, den er für mich ausgesucht hat.

Antonio hat mein Geld oder meinen Namen noch

nicht gebraucht, also hat er mich als Ass im Ärmel behalten. Der amtierende Präsident geht aber bald in den Ruhestand und Antonio wird mein Geld brauchen, um seine Wahlkampfkasse zu füllen. Ich muss mich also jetzt aus dieser enger werdenden Schlinge befreien, bevor es zu spät ist.

„Du gehst also?", fragt er. „Wohin?"

„Ich gehe nach Tarvos, um eine Stelle als professionelle Managerin anzutreten."

Er zieht eine Augenbraue hoch. „Tarvos? Wo zum Teufel ist das?"

„Es ist ein Planet, der weit, weit weg ist", erkläre ich, nachdem ich auch nicht genau weiß, wo er sich befindet. Ich habe diesen Job erst vor zwei Stunden angenommen, direkt nachdem ich mir das verpixelte Video von Antonio angesehen habe, das mir jemand zugesteckt hat. Darauf zu sehen ist mein verschwitzter Verlobter, wie er Sex mit seiner halbnackten Assistentin an der Wand in seinem Bürgermeisterbüro hat. Ekelhaft. Das sind zwanzig Sekunden meines Lebens, die ich nie wieder zurückbekomme. „Lass mich einfach gehen", wüte ich. „Du kannst doch eine andere Frau heiraten, eine, die dich glücklicher macht." Ich werfe einen gezielten Blick auf eine bestimmte, mir bekannte Assistentin, die direkt hinter ihm steht und sich die Blöße gibt, vor Verlegenheit zu erröten.

„Nein", antwortet er mit fester Entschlossenheit. „Die Familien Gonzalez und Flores werden zusammengeführt, um eine politische Dynastie zu gründen. Das war der letzte Wunsch deines Vaters in seinem Testament."

Ich rolle mit den Augen. Das ist alles so lächerlich. Als ob es mich interessiert, ob unsere Familien zusammengeführt werden? Politik und Macht sind nicht meine Szene. Ich wäre glücklicher, wenn er mich anstellen würde, um seinen Bürostab auf Vordermann zu bringen, anstatt mich zu seiner Frau zu machen. Außerdem hat er keine Ahnung, wie wütend ich auf den Mann bin, der mich großgezogen hat. Javier Fernandez Garcia hat den Tod seiner Frau nicht gut verkraftet. Meine Mutter starb bei meiner Geburt und im Laufe der Jahre verwandelte sich mein Vater von dem Mann, den meine Mutter bewundert hatte, in einen gemeinen, jeden beleidigenden Mann, der, wie ich vermute, *mir* die Schuld an ihrem Tod gab. Als ich erwachsen war, lebte ich im hintersten Flügel unserer Villa, so weit entfernt von ihm wie nur irgendwie möglich, und trotzdem ließ er jedes Mal, wenn wir uns begegneten, eine weitere negative Bemerkung fallen. „Wenn du nicht so fett wärst, würde Antonio dich sofort heiraten", ätzte er gern. „Du bist selbst schuld, dass er die Verlobung hinauszögert! Warum sollte er ein so hässliches Mädchen heiraten wollen? Nimm doch endlich ab."

Grr.

Ich tat mein Bestes, um mir ein Leben zu aufzubauen, das nicht Vaters Missgunst und die falsche Verlobung, die er eingefädelt hatte, beinhaltete. Ich ging zur Universität, arbeitete hart und begann eine steile Karriere. Vater war immer der Meinung, dass die Besessenheit seiner Tochter, eine Ausbildung zu machen, eine dumme Zeitverschwendung war, da er meinte, wenn ich den heiraten würde, den er ausgewählt hatte, wäre ich für mein Leben gerüstet. Aber ich wusste von Anfang an, dass genau das mein Ticket nach draußen sein würde. Und jetzt bin ich endlich bereit, meine Pläne zu verwirklichen und in eine neue Zukunft zu starten.

„Ich werde niemals Javiers Willen folgen", verkünde ich. „Es waren seine Wünsche, nicht meine. Ich werde dich nicht heiraten, auch wenn ich die Konsequenzen tragen muss."

Antonios Kinnlade klappt herunter. Wir wissen beide,

dass ich meinen Treuhandfonds nie erben werde, wenn ich ihn nicht heirate. Es stimmt, auf dem Papier erscheint diese Ehe großartig – er sieht umwerfend gut aus und ist der begehrteste Junggeselle in ganz Mumbai und noch dazu der verdammte Bürgermeister. Mein Vater dachte scheinbar, er würde das Richtige für mich tun. Warum sollte ich Antonio Flores also nicht heiraten wollen? Vielleicht, weil er sich nicht um mich kümmert und mich als sein Eigentum betrachtet?

Als wir uns das erste Mal trafen, war ich ein schüchterner Teenager. Irgendwann später, ich war achtzehn Jahre alt, hörte ich zufällig, wie Antonio vor seinen Freunden darüber schimpfte, dass er nicht wisse, wie er „einen hochkriegen" solle, wenn er mit dem „fetten Gonzalez-Mädchen" ins Bett müsse, mit dem er ja nun verlobt sei. Schließlich habe er ja nur wegen des Geldes eingewilligt. Ich rannte in mein Zimmer und weinte, bis keine Tränen mehr übrig waren und … schaffte es irgendwie, mich selbst wiederaufzubauen und weiterzumachen.

Jetzt, da mein Vater verstorben ist, habe ich zwei Möglichkeiten: die mir vorbestimmte Zukunft zu akzeptieren oder mein Leben – in Freiheit – selbst in die Hand zu nehmen. Ich wähle die Freiheit. Ich werde mein *eigenes* Geld verdienen und mir irgendwann mein Erbe zurückholen. Die beiden werden nicht gewinnen. Ich entscheide selbst über mein Schicksal.

„Lass uns in mein Büro gehen, um die Angelegenheit unter vier Augen zu besprechen", sagt der Bürgermeister und gibt seinen Mitarbeitern ein Zeichen, dass wir den Innenhof verlassen werden. „Ich bin sicher, dass wir gemeinsam eine Lösung finden können."

Ich schnaube. Oh, *jetzt* will er also einen Termin? Jetzt will er reden? Ich wette, er würde mich nur *zu gerne* unter vier Augen in die Enge treiben. „Nö." Ich trete einen

Schritt zurück. „Dafür ist es zu spät." Auf keinen Fall werde ich mich mit ihm alleine in einen Raum begeben. Das verheißt nichts Gutes für mich. Vielleicht dachte Antonio, das Gonzalez-Blut hätte eine Generation übersprungen? Er wird gleich sehen, wie falsch er liegt.

„Ariana." In seiner Stimme liegt ein Hauch von Wut. „Komm mit mir, sofort."

„Ich gehe nirgendwo mit dir hin", verkünde ich und schaue mich noch einmal in der Menge um. Es ist an der Zeit, dass jeder die Wahrheit darüber erfährt, wie er mich behandelt hat. „Warum sollte ich das mit dir ausdiskutieren wollen?", platze ich laut heraus, um sicherzustellen, dass mich jeder hören kann. „Ich mache Schluss mit dir und verlasse diesen Planeten, weil du die ganze Zeit, in der wir verlobt waren, Sex mit unzähligen Frauen hattest. Mich hingegen hast du ständig zu den monatlichen Körperscans beim Arzt gezwungen, um sicherzustellen, dass ich in deiner Hochzeitsnacht noch Jungfrau bin. Genug ist genug. Ich mache diesen Scheiß nicht eine Sekunde länger mit."

Entsetztes Keuchen bricht aus der Menge hervor. „Er hat sie untersuchen lassen … monatlich? Die letzten vier Jahre?"

„Das kann ich verdammt nochmal nicht glauben."

„Es tut mir so leid, dass Ihnen das passiert ist", sagt eine ältere Frau mit freundlichen blauen Augen neben mir.

„Danke", antworte ich mit rauer Stimme. Der einzige Grund, warum ich diese Frechheit jahrelang über mich ergehen ließ war die Tatsache, dass das medizinische Personal mich nie wirklich berührt und nur einfache Ganzkörperscans durchgeführt hat, während ich vollständig bekleidet war. Aber allein die ständige Erinnerung daran, dass mein Wert davon abhing, ob ich mit jemandem geschlafen habe oder nicht, und dass Antonio in der Zwischenzeit Sex haben konnte, mit wem er wollte, war zum Verrücktwerden. Mein Vater und mein Verlobter versuchten mir einzutrichtern, dass nur zwei Dinge meinen Wert ausmachten: meine Unschuld und mein Aussehen. Nichts anderes – und beides wurde für meinen zukünftigen Ehemann aufbewahrt. Nachdem mein Äußeres als unzureichend befunden wurde, wurde ich verachtet, fast schon verstoßen, und sollte der Liebe nicht würdig sein? Ich schätze, ich wäre vielleicht auf diesen Schwachsinn hereingefallen, wenn ich nicht gelernt hätte, dass auf anderen Planeten und in anderen Spezies Frauen nicht so behandelt werden. In manchen Kulturen haben Frauen das Sagen.

„Oh wow", höre ich eine Stimme in der Nähe rufen. „Du bist eine echte Gonzalez. Ich war mir vorher nicht sicher … aber jetzt ist es ganz klar erkennbar!"

Antonios Gesicht läuft dunkelrot an. Seine Lippen aufeinandergepresst stößt er mir einen Finger in die Schulter. „Was ist das für ein Trick, den du hier abziehst? Das ist doch alles nichts Neues. Du weißt, dass ich in dieser Stadt jede Frau haben kann, die ich will", knurrt er, *jede Frau*, und trotzdem bin ich bereit, mich dazu herabzulassen, deinen fetten Arsch zu heiraten. Ich will zumindest sichergehen, dass ich eine Jungfrau bekomme und nicht das, was ein anderer Mann übriggelassen hat. Ist dir klar, wie peinlich es sein wird, dich als meine Frau präsentieren zu müssen? Sieh dich doch an!", gestikuliert er. „Ich tue dir einen Gefallen. Ich verdiene einen Orden dafür, dass ich mich deiner erbarme. Wenn du versuchst, diesen Planeten zu verlassen, wirst du es noch bereuen. Du wirst es nie besser haben als bei mir."

Stille herrscht in der Menge. Alle sind schockiert, dass er das alles laut ausgesprochen hat. Ich bin es nicht. Das ist der echte Antonio, der der Welt endlich sein wahres Gesicht zeigt. Ich hebe mein Kinn, stütze die

Hände in die Hüften und trete einen Schritt näher an ihn heran. Ja, ich bin übergewichtig, aber ich bin auch schön und ich weiß, dass ich in Wirklichkeit ein guter Fang bin. Ich bin klug und witzig und treu, habe schönes Haar, reine Haut und … und … dieses Arschloch hat nicht das Recht, über mich zu urteilen. „Nein", schreie ich zurück, „Antonio, du hast Glück, dass du *mich* hast. Ich gebe einen Scheiß auf dein Aussehen oder deine Position. Ich mache Schluss mit dir, weil du mich wie Dreck behandelt hast und ich dich nicht einmal ficken würde, wenn du der letzte Mann auf Neue Erde wärst. Wir sind nicht mehr verlobt, weil ich *weiß*, dass ich ohne dich besser dran bin. Das ist eine Tatsache, und ich werde es dir beweisen."

„Du schaffst das, Mädchen", jubeln Stimmen. „Mach ihm die Hölle heiß." Ringsum ertönen Pfiffe, Rufe und manche klatschen sogar, dazu motivierende Gesichter und aufmunternd erhobene Daumen. Frauen halten Tablets in die Höhe. Oh wow, wird unser Schlagabtausch live ausgestrahlt? „Das wird viral!", schreit eine Frau.

Antonio ändert augenblicklich sein Verhalten. Er lässt die Hände fallen und bringt Abstand zwischen uns, dann setzt er wieder ein falsches Lächeln auf und wendet sich den Tablets zu. „Meine Verlobte und ich werden diese Angelegenheit unter vier Augen besprechen", erklärt er mit ruhiger Stimme. „Wir sind immer noch verlobt und werden bei der nächsten Planetenrotation heiraten."

Werden wir das? Oh verdammt, nein. Ich beiße mir auf die Lippe und beschließe, ihn fürs Erste glauben zu lassen, dass er gewonnen hat. Später von Tarvos aus werde ich ihm eine Nachricht schicken.

„Zieh das durch, verlasse diesen Hof und dann den Planeten", flüstert mir eine Frau ins Ohr. „Wir halten ihn erst mal auf. Geh und hol dir deine Freiheit zurück."

Tränen brennen in meinen Augen. Das ist so rührend, dass ich nicht damit umgehen kann.

„Beeilung!"

Ich nicke ruckartig, mache auf dem Absatz kehrt und verlasse zügig das Gebäude.

„Ariana?", schreit Antonio hinter mir. Eine Horde erboster und lauter Frauen schwärmt heran und umkreist ihn. „Ariana, komm zurück!"

Während ich mit dem Mittelfinger eine unhöfliche Geste über meine Schulter deute, marschiere ich mit frechem Hüftschwung weiter. Ich brauche diesen negativen Müll in meinem Kopf nicht, nie wieder.

Ich bin raus.

DRAUSSEN WARTET ein Auto auf mich, das mich zur brand-neuen Transporterstation in Mumbai bringt. Das ist die zweite Station dieser Art, die auf der Neuen Erde gebaut wurde, und ich habe das Glück, dass sie zufällig genau in meiner Heimatstadt liegt.

Auf der Fahrt dorthin beginnt es – für diese Jahreszeit – ungewöhnlich stark zu regnen. Ich starre aus dem Fenster auf den immer stärker werdenden Regen und mein Geist füllt sich mit den Ereignissen im Innenhof des Regierungsgebäudes. Was Antonio gesagt hat, was ich erwidert habe, und wie die Menge reagiert hat. Ich denke weniger an meinen miesen Verlobten, den ich zurückgelassen habe, als vielmehr an die reizenden Frauen, die mich unterstützt haben. Die Freundlichkeit, die mir von diesen Damen, die mir alle völlig fremd waren, entgegengebracht wurde, war mehr als erstaunlich.

Plötzlich fühle ich mich unbeschwert. Vielleicht geht dieses riskante Unterfangen am Ende wirklich auf?

Mein Koffer ist gepackt. Das Hauspersonal ist darauf

vorbereitet, sich um die riesige Villa unserer Familie zu kümmern, während ich weg bin. Aber wer weiß, ob ich jemals zurückkehren und erben werde? Dads Vermögen wird von einem Team skrupelloser Anwälte verwaltet, das darauf besteht, dass ich nur in meinem Elternhaus wohnen darf, wenn ich verlobt bleibe, andernfalls werde ich rausgeschmissen und die Villa soll versteigert werden.

Wirklich mies.

In der Zwischenzeit haben die Anwälte, die ich engagiert habe, um mir aus diesem Schlamassel zu helfen, mitgeteilt, mein einziges Druckmittel gegen Antonio sei es, den Planeten zu verlassen und irgendwo anders in den vier Sektoren einen Wohnsitz zu gründen, wo die Erbschaftsgesetze frauenfreundlicher wären – also folge ich dem juristischen Rat und verlasse den verdammten Planeten.

Die Stelle, die ich angenommen habe, war bereits einem meiner Arbeitskollegen angeboten worden, aber ich konnte unsere Namen austauschen, sodass ich sie am Ende bekommen habe. Ich zucke zusammen und beiße mir auf die Lippe, immerhin habe ich ihm eine nette Gehaltserhöhung für seine Mühen verschafft, und damit sind wir quitt. Ich brauche diesen Job mehr als er!

Plötzlich huscht etwas Helles über die verregnete Straße. Ich halte den Atem an. War das etwa ein Kätzchen? Unmöglich.

„Sofort stehenbleiben", rufe ich.

Das Auto fährt an den Bordstein und kommt ruckartig zum Stehen. Der Himmel ist grau und das Wetter hat sich von Nieselregen zu einem regelrechten Gewitter entwickelt. Die Straßen sind bereits mit Wasser überflutet. Na großartig. Die Tür öffnet sich und ich bereue sofort, dass ich keine Jacke mitgenommen habe. Das Klima auf Neue Erde ist recht trocken und nachdem es normalerweise nicht so früh in der Saison regnet, bin ich völlig unvorbereitet. Ich hantle mich am Fahrzeug entlang auf die andere Seite und dann weiter zum Straßenrand hinüber.

Und tatsächlich – nicht ein, sondern gleich zwei winzige Kätzchen kauern im Straßengraben. Sie sehen aus wie orange-weiße Flauschbällchen – warum sind sie bloß allein hier draußen? „Ohhh, Babys", zwitschere ich. Ich verehre Katzen ebenso sehr, wie jeder andere Mensch auf der Neuen Erde. Sie gehören zu den wenigen Tieren, die mit uns vom ursprünglichen Planeten hier hergekommen sind. Ich schaue mich um und sehe weder einen Menschen noch ein Haus, aus dem diese Kätzchen gekommen sein könnten. Wir sind hier mitten in der Natur und es ist mir ein Rätsel, was diese beiden verwahrlosten Babys allein hier draußen zu suchen haben. Es gibt eine Vielzahl von Raubtieren auf Neue Erde, für die Katzen eine hervorragende Nahrungsquelle darstellen. Ich kann sie unmöglich zurücklassen. „Ihr zwei kommt mit mir", verkünde ich daher.

Sie fangen entzückend im Chor an zu miauen, als ich mich bücke und sie beide in meine Arme nehme, ohne mich darum zu kümmern, dass sie mein Oberteil schmutzig machen könnten. Wieder im Fahrzeug weise ich es an, seinen Weg fortzusetzen. So stehe ich schließlich in der Transporterstation – in einem weißen T-Shirt mit schmutzigen Pfotenabdrücken –, in der einen Hand meinen Koffer, im anderen Arm zwei miauende Kätzchen.

Die Transporter-Mitarbeiter versuchen, mir die Kätzchen wegzunehmen, um „zu helfen und sie sauberzumachen", aber ich kenne dieses Spiel und falle nicht darauf herein. Stattdessen halte ich sie noch fester. Das Personal will meine geliebten Kätzchen für sich allein – „*Ups, sieh mal, sie hat es hier zurückgelassen, ich muss es wohl behalten.*"

Auf keinen Fall.

Ich küsse die beiden auf ihre entzückenden, kleinen

Köpfe und lasse das Personal wissen, dass ich keine Hilfe brauche.

Sie rattern die Regeln und Vorschriften für den Transport herunter und gehen mit mir durch, was gleich passieren wird und worauf ich mich vorbereiten sollte. Ich muss zugeben, dass ich ein bisschen Angst habe. Ich habe noch nie einen Transporter benutzt, aber es gibt nur zwei Möglichkeiten. Entweder ein Transporter, oder ein Raumschiff, das allerdings einen vollen Mondzyklus brauchen wird, um auf die andere Seite der vier Sektoren zu gelangen. Also nehme ich lieber den Transporter.

Antonio kann mich nicht heiraten, wenn ich nicht auf der Neuen Erde bin und mich weigere, an der Zeremonie teilzunehmen. Ich kann keinen anderen heiraten, wenn er die Verlobung nicht auflöst, aber das ist erst mal okay. Lieber wäre ich pleite und allein, als mit diesem Mann verheiratet zu sein. Keine medizinischen Scans mehr. Keiner, der jeden meiner Schritte beobachtet. Ich kann meine eigene Zukunft planen und meine eigenen Entscheidungen treffen.

„Bereit?", fragt mich der Mitarbeiter.

„Bereit."

Die Reise beginnt und ich spüre das Kitzeln der Atome in meinem Bauch, als sie sich voneinander lösen. Die Kätzchen werden ganz ruhig, vermutlich von der plötzlichen Stille.

Ich verlasse meine Heimat, und ich habe keine Ahnung, wohin ich eigentlich reise – so verzweifelt bin ich. Wie wird dieser geheimnisvolle Planet sein? Wie wird mein neuer Klient, – oder eigentlich mein neuer Boss –, sein? Alles, was ich weiß ist, dass ich einem Soldaten helfe, seine Wohnung zu strukturieren und aufzuräumen. Hmm. Ich hoffe, er mag Kätzchen!

2

SKOLL

Ich bin spät dran.

Ich werfe einen Blick auf die Zeitanzeige auf dem Armaturenbrett meines Fahrzeugs, beiße mir auf den Kiefer und fahre schneller. Eine Straßensperre in der Nähe zwingt mich, eine längere Route in die Stadt zu nehmen, wodurch sich meine Fahrzeit verdoppelt und meine Ankunft verzögert. Ich habe vorhin zwar angerufen, um das Personal über die Verspätung zu informieren, aber ich bin immer noch hochgradig aufgeregt, als würde ich Gefahr wittern.

Das Wesen, das ich angeheuert habe, um meine Waffensammlung zu organisieren, wird heute Nachmittag nach Tarvos transportiert. Ich brauche diese sogenannte „Helferin" bei der Organisation eigentlich nicht, aber ich akzeptiere sie, um meine Position im Team Geschmolzene Lava zu behalten. Gerichtlich angeordnete Konfliktlösungskurse sind obligatorisch und mir wurde gesagt, dass ich mein „Haus in Ordnung bringen" muss, oder ich bin raus aus dem Team. Diese Befehle kommen direkt von Cap und Hannibal, also weiß ich, dass sie es ernst meinen.

Die Regierung hat mir eine kurze Liste mit zugelassenen Fachleuten für die Leitung des Strikestone-Entwaffnungsprojekts gegeben. Das erste Wesen, mit dem ich gesprochen habe, hat mir nicht gefallen. Das zweite war ein arrogantes Männchen, das ich nach unserem ersten Videochat abgelehnt habe ... und jetzt treffe ich mich widerwillig mit dem dritten genehmigten Wesen dieser Liste, weil sonst niemand mehr darauf steht.

Dieses Mal schickt die Agentur einen *Menschen*. Ich bin mir nicht sicher, warum es unbedingt ein Mensch sein muss, aber ich werde mit demjenigen Vorlieb nehmen, den das Gericht ausgewählt hat. Menschen sind selten auf dieser Seite der vier Sektoren und ich habe noch nie einen männlichen Vertreter dieser Spezies getroffen. Das Einzige, was mir wichtig ist, ist, dass dieser Mensch meine Sammlung mit Respekt behandelt, denn wenn er das nicht tut, werde ich ihm die Eingeweide herausreißen, während er vor Schmerzen schreit, und danach seine Innereien an die einheimischen Aschvögel verfüttern.

Diese blutige Vorstellung amüsiert mich.

Ich muss meine natürliche Wut und Aggression zügeln, muss diese „Prüfung" meines Eigentums zulassen, weil das Militär nur darauf wartet, mein Häuschen dem Erdboden gleichzumachen und meine gesamte Sammlung zu zerstören. Sie sind der Meinung, es wäre unsicher. Das ist zwar lächerlich, aber so ist es beschlossen worden, darum brauche ich die Hilfe dieses Menschen. Dieses Wesen hat die Befähigung, mein Grundstück als „sicher" einzustufen und alle Zweifel auszuräumen. Sollte er allerdings anders entscheiden, wird meine Sammlung sofort vernichtet und das Jagdhaus meiner Familie beschlagnahmt. Die Regierung wird mir das Land wegnehmen, es auf dem freien Markt verkaufen, und ich werde aus dem Team geworfen.

Das kann ich nicht zulassen.

Ich parke, steige aus, rase ohne Rücksicht darauf, wen ich in meiner Eile umstoße, durch die Halle und stürme durch die Tür zum Transporterraum.

Als ich ankomme, herrscht totales Chaos.

Verdammt noch mal. Was ist hier los? Ein Menschenweibchen steht auf einer Transporterscheibe und schreit und das Personal steht in einem Halbkreis um sie herum, während zwei kleine, fremdartig aussehende Kreaturen durch den Raum huschen.

Ein Weibchen?

Ich halte inne und starre schockiert in ihre Richtung. Oh verdammt, das kommt wirklich völlig unerwartet. Ich dachte, die Agentur schickt ein menschliches Männchen. Ihre üppigen Kurven sind nicht zu übersehen, denn sie trägt eine Art weißen Stoff, der ihren Oberkörper bedeckt und bis zu ihrem Hals und den oberen Hälften ihrer Arme reicht. Diese Art von Kleidung ist zwar sehr seltsam, aber dennoch hübsch anzusehen. Sie hat die gleichen seltsamen Fäden auf dem Kopf wie alle Menschen, aber ihre sind viel länger. Ihr fehlen Hörner, Krallen oder ein Schweif, aber sie ist nicht so farblos wie die anderen Menschen, denen ich bisher begegnet bin. Dieses Weibchen ist dick und üppig an all den richtigen Stellen. In der Tat ist sie wahnsinnig schön.

Ich habe mich in der Vergangenheit ein paar Mal mit Weibchen lustverpaart, aber das ist so viele Jahre her, dass ich es schon vergessen habe. Ich habe mich oft gefragt, warum ich nicht denselben Sexualtrieb wie die anderen Männchen habe, ob mit mir etwas nicht stimmt. Mein Teamkamerad Hannibal hat jedes „freie" Weibchen in unserer Abteilung begattet, wobei jede davon sich ihm aus freien Stücken angeboten hat. Im Gegensatz dazu hat kein einziges Weibchen unserer Belegschaft jemals meine „Dienste" in Anspruch genommen. Ich neige dazu, Weibchen zu verschrecken. Die gezackte Narbe, die sich über meine rechte Gesichtshälfte bis in den Nacken zieht, macht die Sache nicht einfacher.

Lilith Hearthstone, meine Auserkorene, ist die einzige Frau auf Tarvos, die mich jemals so akzeptiert hat, wie ich bin, und die meine Gesellschaft zu genießen scheint. Ich habe sie als meine offizielle Begleitung zum königlichen Feuerball eingeladen, habe sie zu vielen teuren Abenden ausgeführt, und nicht ein einziges Mal hat sie mich mit Furcht oder Abscheu angesehen. Vor zehn Mondzyklen habe ich sie gebeten, mich zu Gericht zu begleiten und meine Partnerin zu werden. Sie hat eingewilligt, aber bisher haben wir weder ein genaues Datum festgelegt, noch haben wir die offizielle Bindungszeremonie durchgeführt. Das macht aber nichts, sie wird bald mir gehören.

Ich habe bereits meine zukünftige Partnerin gefunden, warum also lässt sich mein Geist so von diesem Menschen fesseln?

Das ergibt keinen Sinn.

Die Frau schreit wieder auf. Ein leises Knurren grollt in meiner Brust beim Klang ihrer Verzweiflung. War das ein Fehler? Hat die Agentur das falsche Wesen geschickt? Ist sie deshalb so aufgeregt? Ich mache einen Schritt auf sie zu, um sie zu beruhigen und merke schnell, dass die Ansammlung um meinen Menschen herum nicht hilfreich ist. Die Anweisungen, die sie geben, machen ihr Angst. Sie braucht Platz.

„Raus. Sofort", schreie ich sie über den Tumult hinweg an. „Verschwindet alle von hinaus. Ich werde mich allein darum kümmern."

Als sie sich zu mir umdrehen, sehe ich unterschiedliche Ausprägungen von „Was glaubt er, wer er ist?" in ihren Gesichtern. Einige der Mitarbeiter treten einen Schritt zurück, aber die meisten verharren streitlustig stehen. Stellen diese Hyrrokinen meine Autorität infrage? Ich bin ein Mitglied des Teams Geschmolzene Lava. Ich bin ein Strikestone aus einer uralten Blutlinie von Flammenwerfern. Sie werden meine Anweisungen befolgen oder die Konsequenzen tragen. Ich hebe meinen Kopf und stoße ein donnerndes, flammendes Strikestone-Gebrüll durch meine mächtigen Kiefer aus, das in dem geschlossenen Raum widerhallt. Feuer flackert über ihre Köpfe hinweg und versengt die Decke.

Sie kreischen und schreien, rennen panisch durcheinander, als sie eilig den Raum verlassen. Die Tür fällt mit einem zufriedenstellenden Knall hinter ihnen zu.

Tja. Manchmal kommt mir meine raue Schale wirklich gelegen.

Ich schaue zu dem Menschenweibchen hinüber. Sie hat sich in eine Ecke verkrochen und Tränen fließen über ihr liebliches Gesicht. Das ist absolut inakzeptabel und ganz allein meine Schuld. Wäre ich früher gekommen, wäre ich das erste Wesen gewesen, das sie gesehen hätte. Ich stapfe über eine Reihe von stillgelegten Transporterscheiben auf sie zu und stelle mich vor sie.

Sie kreischt und schreit noch lauter.

Was soll das? Warum ist sie immer noch verängstigt? „Weibchen … Weibchen, sieh mich an." Ich berühre sie an den Schultern, doch sie beginnt wild herumzufuchteln, als würde sie versuchen wollen zu entkommen.

„Du bist in Sicherheit", erkläre ich, „Du bist auf Tarvos. Ich bin dein neuer Arbeitgeber – Skoll Strikestone. Ich bin hier, um dich abzuholen. Es tut mir leid, dass ich zu spät gekommen bin."

„Was?", keucht sie, als meine Worte endlich zu ihr durchdringen. „Sie sind … Sie sind mein …?" Sie schüttelt den Kopf. „Nein, das können Sie nicht sein."

„Doch, das bin ich. Ich bin Skoll Strikestone, dein neuer Boss."

Sie schaut zu meinem Gesicht auf und wimmert. Ihre Augen huschen über mein Gesicht, nehmen meine außergewöhnlich großen Reißzähne und meine glänzend schwarzen Hörner in Augenschein. Hat sie noch nie eine andere Spezies gesehen?

„Ist das ein Albtraum?", schreit sie.

Ich runzle die Stirn. „Nein."

„Bin ich tot und das ist die Hölle?"

Ich nehme an, sie meint die Hyro-Hölle. „Nein. Du bist am Leben und in Sicherheit." Wobei sie möglicherweise an Transporter-induziertem Wahnsinn leiden könnte. „Das ist Tarvos", wiederhole ich. „Ich bin ein Hyrrokine. Warum bist du so aufgelöst? Ist etwas passiert, das dir Angst gemacht hat?"

„Ich kam an, sah mich um und … ihr seht alle aus wie …", japst sie, während sie mit ihren winzigen Händen in der Luft herumfuchtelt, als ob das alles erklären würde. „Und ihr spuckt Feuer!"

Ich warte darauf, dass sie noch mehr sagt, aber sie beißt sich schmollend auf die Lippe und starrt weiterhin aufmerksam in mein Gesicht. Ihre leuchtenden dunklen Augen begutachten die gezackte, faltige Narbe, die entlang meiner Wange, unter mein Kinn und meinen Hals entlangläuft. Und … sie beruhigt sich. Das ist ungewöhnlich. Meine Narbe lässt Frauen normalerweise zurückschrecken.

Sie blickt hinauf zu der verkohlten Decke des Transporterraums und atmet aus. „Nun … Sie sind nicht wirklich mein Boss, oder? Sie sind eigentlich mein neuer Kunde."

Ich ziehe eine Augenbraue hoch. „Gibt es da einen Unterschied?"

Sie zuckt mit den Schultern.

Warum riecht sie so gut? Und warum fasst sie mit ihren winzigen Händen jetzt meinen schwarzen Gürtel nahe der Schnalle an und streichen über meine nackte Haut? Mein Schwanz schwillt in meiner Hose an, schnell atme ich ein und trete einen Schritt zurück. Ist da etwas Kleines hinter mir? Beinahe stolpere ich, als ich versuche, nicht draufzutreten.

„Oh, nein", sie streckt die Hand aus, „das tut mir so leid … ist alles in Ordnung?"

Als ich mich gefangen habe und nach unten schaue, sehe ich zwei kleine orange-weiße Kreaturen über meine Füße laufen. „Was ist das?", frage ich und halte inne, um sie genauer unter die Lupe zu nehmen. „Hast du dir einen Snack mitgebracht, den du nach deiner Reise essen wolltest?"

„Was?", keucht sie. „Haben Sie ‚Snack' gesagt?"

„Ja." Ich zeige auf die winzige Kreatur, die geduldig auf meinem Fuß steht. „Das hier ist ein perfekter Happen. Wirst du die beiden später schlachten und kochen, oder isst du sie einfach roh?", frage ich mit ernsthaftem Interesse daran, die Bräuche der Neuen Erde kennenzulernen.

„Nein. Nein, das sind meine Kätzchen und sie sind nicht essbar. Es sind Haustiere."

„Haustiere?" Menschen haben seltsame Haustiere. Ich bücke mich und nehme eines dieser „Kätzchen" in meine Hand, hebe dann auch das andere zur näheren Untersuchung hoch. Als ich sie genau begutachte, erkenne ich mit Freude, dass sie winzigen Reißzähne, Krallen und Schwänzchen haben. Sie fauchen mich erst beide an, lassen sich dann jedoch in meinen Händen nieder und akzeptieren meine Berührung.

„Es sind Babykatzen", erklärt sie. „Wir nennen sie Kätzchen, wenn sie noch klein sind. Ich fand diese beiden verlassen in der Gosse, kurz bevor ich Neue Erde verließ, und ich konnte sie dort nicht zurücklassen. Sie brauchten Hilfe, also habe ich sie mitgenommen. Ich hoffe, das ist in Ordnung …"

Ein leises Brummen rumort in meiner Brust, als ich über ihre Bitte nachdenke. Will ich diese beiden Biester dabeihaben, während ich mit dieser Frau arbeite? Ich werde sowohl mit ihr als auch mit diesen Kreaturen auskommen müssen und sie für eine unbestimmte Zeit um mich haben. Ich streiche sanft mit einer Kralle über ihren kleinen pelzigen Rücken und schaue in ihre großen blauen Augen. Sie sehen so unschuldig aus. „Ich werde es erlauben", antworte ich schließlich.

Sie atmet erleichtert aus. „Danke." Dann schenkt sie mir ein umwerfendes, ehrliches Lächeln, das ihre stumpfen Zähne entblößt. Ihre Tränen sind endlich getrocknet. „Es tut mir so leid … alles, was bisher passiert ist. Ich weiß nicht, was in mich gefahren ist. Mein Name ist Ariana Gonzalez, schön, Sie kennenzulernen, Mr. Strikestone."

„Nenn mich Skoll."

Mit einem irritierten Ausdruck auf ihrem schönen Gesicht starrt sie mich ruhig an.

„Lass uns gehen", befehle ich mit rauer Stimme. Unabhängig von der bezaubernden, exotischen Erscheinung dieser Frau, – oder den interessanten Kreaturen, die sie mitgebracht hat –, verabscheue ich immer noch die Vorstellung, dass mir befohlen wird, meine Waffensammlung auszusortieren. Außerdem scheint dieses Menschenweibchen meinen Feuer vor Leidenschaft in Brand zu stecken und ich weiß nicht, warum. Es ist Ehrensache, dass ich meiner Verlobten verpflichtet bin, und ich werde mich nicht unehrenhaft verhalten. Meine Loyalität gilt Lilith.

Das Weibchen streckt die Hand aus, als würde sie ihre Haustiere zurückfordern. Ich schüttle den Kopf. „Gut", kichert sie. „Dann hältst du sie." Sie packt den Griff ihres Koffers und mit einer Klaue auf ihrem Rücken führe ich sie durch die Seitentür hinaus auf den öffentlichen Parkplatz.

DIE BEIDEN „KÄTZCHEN" und die Frau nehmen neben mir auf dem Vordersitz meines Geländewagens Platz. Die kleinen Biester legen sich mit ihren warmen Körpern neben mich und schlafen sofort ein. Ich starte das Fahrzeug, verlasse den Parkplatz und unsere lange Fahrt zurück zu meiner Hütte in der Wildnis beginnt.

„Sieh doch, sie kuscheln mit dir", lacht sie. „Sie mögen dich."

Ihr Lachen ist wie der Klang von Musik im Wind. Warum ist alles an ihr so anziehend?

„Wohin fahren wir?", fragt sie kurz darauf.

Ich rutsche unruhig auf meinem Sitz hin und her. Ihr in diesem Fahrzeug so nahe zu sein macht die Sache nur noch schlimmer. Ich habe meine Partnerin bereits gefunden, Lilith sollte das einzige Weibchen sein, das dieses Gefühl der Anziehung in mir verursacht, wobei ich noch nie so für Lilith empfunden habe. Wir haben uns noch nicht lustgepaart. Sie hat mir bisher nur einen einzigen keuschen Kuss erlaubt, weil sie es vorzieht, dass wir unser erstes Mal für nach unserem Gelübde aufheben.

Das Menschenweibchen starrt mich mit unfassbar langen Wimpern und dunklen, wunderschönen Augen an und wartet auf meine Antwort. Meine Krallen umklammern das Lenkrad fester. Vielleicht sollte ich anhalten und um einen Ersatzkandidaten bitten? „Ich bringe dich zu meiner Hütte in den Wildlands", antworte ich schließlich und besiegle damit mein Schicksal. Ich bin ein Mitglied des Teams Geschmolzene Lava. Vermutlich war meine

Entscheidung absehbar. Ich lebe oft und gerne am Rande der Gefahr, nur um zu sehen, was auf der anderen Seite wartet. „Dort wird dein Organisationstalent benötigt", erkläre ich. „Dort wohne ich und dort wirst auch du dein Quartier haben, während du an deinem Projekt arbeitest."

„Wildlands? Wir verlassen die Stadt und fahren raus in den Dschungel?"

Ich grunze eine Antwort.

Sie zuckt mit den Schultern und akzeptiert schweigend die Abgeschiedenheit meines Quartiers, was gut ist, denn diese Jagdhütte ist seit Generationen im Besitz meiner Familie. Sie ist buchstäblich das, was mich ausmacht. Ich habe das Anwesen als ältester Sohn der Strikestone-Familie geerbt. Eines Tages werde ich es entweder an meine Verwandtschaft weitergeben oder an meinen eigenen Sohn oder meine Tochter, falls ich jemals das Glück habe, eigene Nachkommen zu bekommen. Die Hütte muss jedenfalls in der Familie Strikestone bleiben.

Lilith war noch nie in meiner Hütte, aber sie hat Fotos davon gesehen und plant einen Besuch. An diesem Tag, wann auch immer er kommen mag, wird sie den Mehrwert davon erkennen, unseren Nachwuchs dort aufwachsen zu lassen. Darauf kommt es an.

Die beiden winzigen Biester, die das Weibchen mitgebracht hat, stoßen leise Seufzer aus. Sie streckt die Hand aus und streichelt ihr weiches Fell.

„Hast du deinen Haustieren Namen gegeben?", frage ich.

„Den Kätzchen? Ob ich den Kätzchen schon Namen gegeben habe? Nein, noch nicht. Ich habe sie gerade erst aufgelesen. Ich kenne die beiden noch nicht gut genug, um ihnen Namen zu geben."

Ich nicke, weil mir das logisch erscheint und beginne,

über mögliche Namen für ihre kleinen Begleiter nachzudenken.

„Hast du schon einmal mit jemandem wie mir gearbeitet?", fragt sie.

„Ja, mir wurden schon zwei andere Bewerber für dieses
Projekt geschickt."

„Oh. Wie ist es gelaufen?"

„Desaströs. Du bist meine dritte Wahl."

Ihre Lippen verzeihen sich vor Empörung. „Ich bin
deine *dritte* Wahl?"

„Du warst das letzte Wesen auf der Liste", stelle ich
klar. „Eigentlich stand dort ein menschliches Männchen,
aber sie haben mir stattdessen dich geschickt. Ich verstehe
nicht, warum es eine Planänderung gab." Ich sehe sie an.
„Und du scheinst noch sehr jung zu sein für ein Wesen mit
der Art von Erfahrung, die ich benötige."

Sie schüttelt den Kopf, murmelt etwas vor sich hin und
blickt aus dem Fenster. Dann nimmt sie ihr Tablet in die
Hand und tippt auf den Bildschirm. „Tut mir leid, dass ich
nicht der bin, den du erwartet hast. Es gab einen Termin-
konflikt in letzter Minute, also wurde ich statt meinem
Kollegen geschickt. Ich schicke dir meinen Lebenslauf und
meinen beruflichen Werdegang, damit du weißt, mit wem
du es zu tun hast, außerdem habe ich auch meine Zeug-
nisse, Zertifizierungen und den Nachweis meiner Mitglied-
schaft in der Intergalaktischen Arbeitsagentur beigefügt.
Ich bin jung, aber ich versichere dir, dass ich genau die
richtigen Qualifikationen habe, die für dieses Projekt
notwendig sind."

Ich grunze zustimmend. „Du bist hier, um die Sicherheit meiner Waffensammlung abzusegnen", erwidere ich.
„Ich brauche nicht, dass du meine Hütte aufhübscht."

„Okay. Waffen …", nickt sie. „Da kann ich sicher
helfen."

Heh. Das war einfacher, als ich erwartet hatte. Das war immer der Knackpunkt bei den letzten Mitarbeitern gewesen, die ich abgelehnt habe. Sobald sie herausfanden, dass sie mit einem Waffensammler arbeiteten, sträubten sie sich.

Das Weibchen lässt sich in ihren Sitz sinken und starrt aus dem Fenster. Wir verlassen die Stadt und fahren in die Wildnis. „Das ist das erste Mal, dass ich unseren Planeten verlassen habe", gibt sie zu. „Es ist wunderschön hier. Tarvos ist ein prächtiger Planet."

Ich nicke, denn es ist wahr, mein Planet *ist* schön. Dieses Weibchen hat nicht die gleiche Persönlichkeit wie die beiden anderen Bewerber, die ich interviewt hatte. Die anderen schienen mehr an Design und Gestaltung interessiert zu sein, worauf ich gut verzichten kann. Waffen waren definitiv inakzeptabel für die beiden. Ich hoffe, dass dieses Weibchen auch der Meinung ist, dass an der aktuellen Platzierung meiner Waffen nichts auszusetzen ist, und rasch unterschreibt, damit dieses Projekt für mich abgeschlossen werden kann.

„Ich freue mich darauf, mit dir zu arbeiten und dir beim Sortieren deiner Sammlung zu helfen", sagt sie mit schläfriger Stimme. Irgendwann fallen ihr die Augen zu. Sie lehnt sich gegen die Tür und hat offensichtlich Mühe, es sich gemütlich zu machen. Ich ergreife ihr Handgelenk und ziehe sie an mich heran, damit sie sich beim Schlafen an mich lehnen kann. Sie kuschelt sich an meine Seite; ein Lächeln umspielt ihre Lippen und sie schläft sofort wieder ein. Insgeheim genieße ich es. Ihr Haar riecht wunderbar.

Eine Klaue am Lenkrad und die andere um meine neue professionelle Waffen-Managerin gelegt fahre ich übers Land, bis wir schließlich über das raue Pflaster an der Einfahrt zu meinem Grundstück rumpeln. Das bezaubernde Menschlein blinzelt ein paar Mal und setzt sich auf.

Sie reibt sich mit den Händen über ihr hübsches Gesicht, während das Fahrzeug nach links und rechts schaukelt. „Oh nein", röchelt sie, „es tut mir so leid, dass ich mich beim Schlafen an dich gelehnt habe."

„Mach dir keine Sorgen", brumme ich.

Sie schüttelt den Kopf. „Nein, es war falsch von mir, mich wieder so zu verhalten. So … so – ich weiß nicht, was mit mir los ist."

Schließlich biegen wir in die Einfahrt ein und die Frau erblickt zum ersten Mal meine Jagdhütte. Ihr Mund klappt auf. „*Hier* wohnst du?"

„Ja", antworte ich mit Stolz in der Stimme. „Dieses Anwesen ist seit Generationen im Besitz meiner Familie."

3

ARIANA

Ich versuche buchstäblich herauszufinden, welcher Teil des Anwesens bewohnbar sein soll.

„Es ist eine alte Jagdhütte", erklärt mein Kunde mit tiefer, sexy Stimme weiter, während er seinen robusten Geländewagen unter einem engen, klapprigen Flugdach parkt, durch dessen viele kleine Ritzen Sonnenlicht scheint. Ich bemühe mich nach Kräften, professionell zu bleiben und diesem Ort gegenüber aufgeschlossen zu sein, auch wenn es mir schwerfällt.

Ich kann nicht glauben, dass ich mich auf der Fahrt im Schlaf an ihn gelehnt habe! Was ist nur los mit mir?

„Das ist nicht mein Hauptwohnsitz", sagt er, während er sanft meine beiden Kätzchen mit seinen superscharfen silbernen Krallen aufhebt. Die Kätzchen bleiben ruhig und zutraulich und haben überhaupt nichts dagegen, dass dieser satanisch aussehende Außerirdische sie anfasst. Ich kann nicht glauben, dass diese beiden Babys so leicht eine Bindung zu diesem furchterregenden roten Teufel aufgebaut haben. Ich bin ein wenig eifersüchtig. Mich haben sie während der Autofahrt gekratzt und außerdem wollten sie ständig aus meinen Armen fliehen.

Nachdem ich mich aber auch zu ihm hingezogen fühle, kann ich das irgendwie verstehen. Dieser Kerl sieht aus wie eine Kreatur aus meinen dunkelsten Albträumen, er spuckt Feuer und ist offensichtlich genervt, eine gerichtlich bestellte Managerin beschäftigen zu müssen. In dem Transporterraum habe ich so hysterisch geschrien, weil ich überrascht war, dass die Hyrrokinen wie Teufel aussehen, aber als er anfing, mit mir zu reden, habe ich mich sofort beruhigt. Seine Stimme und die Art, wie er riecht, haben etwas seltsam Beruhigendes.

„Ich wohne hier nicht permanent", sagt er, während er die Autotür öffnet, „aber zwischen Einsätzen bleibe ich oft hier draußen. Nachdem in die Hütte und die Nebengebäude im letzten Mondzyklus eingebrochen wurde, hat man mir befohlen, diesen Ort sicher zu gestalten, oder die Regierung würde alles beschlagnahmen und das Anwesen einstampfen." Dann steigt er aus und tritt ins Freie, wobei er die Autotür hinter sich schließt.

Meine Augen werden groß. „Nachdem hier eingebrochen wurde?", murmle ich vor mich hin. Oh Gott, ich sollte mir offensichtlich heute Abend die Zeit nehmen, seine Akte sorgfältig zu studieren. Worauf habe ich mich da nur eingelassen? Ja, er hat vorhin zugegeben, dass seine Waffensammlung wohl neu sortiert gehört, aber … heilige Scheiße. Wie schlimm kann es sein?

Ich schnappe mir meinen Koffer und Skoll öffnet die Beifahrertür. Er ist riesig und steht plötzlich mit nacktem Oberkörper vor mir, und ich schwöre, er hätte ein Eightpack aus stahlharten Bauchmuskeln. So etwas habe ich noch nie gesehen. Die Hyrrokinen-Männchen, die ich bis jetzt gesehen habe, bekleiden ihren Oberkörper nicht. Sie alle, auch die Frauen, laufen barfuß. Die Frauen tragen alle

Schlauchtops, aber für Männer scheinen Oberteile und Schuhe auf diesem Planeten kein Muss zu sein. Und alle sind sie so groß und muskulös, dass ich mich daneben klein, weich und zierlich fühle.

„Meine Hütte wurde von der Behörde für Waffen und Sprengstoff durchsucht", antwortet er, als ich aussteige. Hat er mich etwa reden hören? „Ich verstehe die ganze Aufregung nicht. Mit meiner Sammlung ist alles in Ordnung. Aber hier gibt es viele Nebengebäude …"

Ich stelle mich neben ihn. Er riecht nach Seife, Sonnenschein und frischer Erde, was mich ein wenig ablenkt. Seine Hörner, sein Schwanz und seine silbernen Krallen erscheinen mir jetzt nicht mehr annähernd so furchterregend wie noch vor einer Stunde. „Die Hütte ist nicht abbruchreif?", frage ich.

Mein mürrischer Alien-Boss wirft mir einen scharfen Blick zu. „Nein. Sie ist absolut bewohnbar", knurrt er. „Sie ist nur sehr alt. Innen ist sie in einem besseren Zustand als außen."

„Okay … gibt es hier draußen Empfang?", frage ich und zeige auf mein Tablet, als wir gemeinsam vom Wagen in Richtung Eingang gehen. Er trägt die Kätzchen und ich ziehe meinen Koffer hinter mir her.

„Ja. Ich habe in der letzten Saison den 100G-Netzwerk-Router installiert. Außerdem habe ich ein komplettes Solardach mit Langzeit-Batterie-Speicher und ein Wasserfiltersystem eingebaut."

„Oh, gut. Ich hatte keine Ahnung, dass ich in der Wildnis arbeiten würde", gebe ich zu, während ich langsam durch schwarzen Schlamm tapse und auf Zehenspitzen um eine Reihe von türkisfarbenen Pfützen tripple. Meine weißen Schuhe waren bisher noch feucht von dem verrückten Regensturm auf Neue Erde und jetzt sind sie auch noch mit diesem dunklen Schlamm beschmiert. Igitt.

Ich habe nur Sachen eingepackt, die man für einen Job in einem richtigen Haus oder einem Büro in der Stadt brauchen würde. Das hier ist etwas ganz anderes.

Ich habe plötzlich das Bedürfnis, mich ihm gegenüber zu rechtfertigen. „Mr. Strikestone … Skoll … kann ich etwas sagen? Ich möchte mich nochmals dafür entschuldigen, dass ich vorhin in der Transporterstation so geschrien habe." Es macht mir wirklich zu schaffen, dass ich mich so unprofessionell verhalten habe. Ich habe ernsthaft vor, ein Leben jenseits von Neue Erde zu beginnen, und dieser Job einfach klappen. Wenn dieses Projekt vorbei ist, brauche ich eine gute Referenz von Skoll, um mir einen Kundenstamm aufzubauen oder um von einer anderen regierungsnahen Behörde eingestellt zu werden. Jobs wie dieser sind selten. Dieses Projekt ist meine einzige Chance, meine Fähigkeiten unter Beweis zu stellen und etwas Größeres und Besseres daraus zu machen. Ich darf es nicht vermasseln. „Ich wusste einfach nicht, wie Hyrrokinen aussehen", versuche ich zu erklären.

Skoll hält inne und zuckt mit dem Schweif, gibt mir Zeit, ihn einzuholen. Mit verfinsterter Mine schaut er auf mich herab. „Hyrrokinen sind bekannt für ihre Stärke und Macht. Wir sind eine uralte und stolze Spezies."

Ich schlucke nervös und versuche zu antworten. „Oh, natürlich sind sie das. Es ist nur …"

„Nur … was?"

„Nun, ich weiß nicht." Wie kann ich ihm nur schonend beibringen, dass seine ganze Spezies wie frisch aus meinen schlimmsten Albträumen aussieht? Sie sehen aus wie Kreaturen, die aus den Abgründen der Hölle gekrochen sind. Wie ein dunkler Rächer baut er sich neben mir auf. Rote Haut, schwarze Hörner und scharfe Reißzähne … Skoll sieht aus wie eine exakte Nachbildung von Satan, der Wurzel allen Übels. Der Anblick dieser ganzen Hyrrokinen, die im Transporterraum um mich standen, ließ mich wie ein kleines Mädchen schreien. Und als Skoll diese Flamme über die ganzen Hyrrokinen hinwegspuckte, hätte ich mir vor Angst beinahe in die Hose gemacht. Einen Moment lang hatte ich das falsch verstanden und dachte, er würde mich angreifen. Normalerweise erschrecke ich mich nicht so leicht, irgendwie machen mir aber gerade satanisch aussehende, Feuer speiende Kreaturen am meisten Angst. Nachdem ich das meinem neuen Kunden nicht unbedingt sagen kann, wechsle ich das Thema. „Ähm, also sag mir, was wird bei diesem Projekt alles von mir verlangt?" Wir haben noch nicht über die Details dieses Auftrags gesprochen. Es gibt noch so Vieles, was ich nicht weiß.

Er grunzt und geht weiter. „Ich werde nicht zulassen, dass du meine Waffensammlung ruinierst. Du wirst diese Hütte ganz einfach als sicher zertifizieren und danach gehen wir getrennte Wege."

Ich folge ihm und versuche, mein Grinsen zu verbergen. Er meint es völlig ernst damit, dass er nicht will, dass ich seine wertvollen Besitztümer anfasse. Es gehört aber nun mal zu meinem Job, Kunden zu ermutigen und ihnen dabei zu helfen zu verstehen, dass eine Restrukturierung tatsächlich ein guter Weg ist, das zu schützen, was ihnen lieb und teuer ist. Es ist nicht das erste Mal, dass ich jemandem begegne, der etwas hortet, das nicht von Außenstehenden berührt werden darf. Aber eine Waffensammlung … das wird knifflig. „Welche Arten von Waffen hast du?", frage ich, um mehr zu erfahren. „Auch Sprengsätze und Bomben …?", runzle ich fragend die Stirn. „Ist es hier sicher?"

„Natürlich ist es sicher", knurrt Skoll Strikestone. „Ich bin Soldat. Das Terrain hier ist dicht mit Laub bedeckt. Der Dschungel ist voll von lebensgefährlichen Raubtieren.

Die Feuerbestien kommen auf ihrer jährlichen Wanderung hier vorbei. Ein aktiver Vulkan befindet sich ganz in der Nähe. Es ist ein wunderbarer Ort. Vor tausend Jahren war dies die Hauptjagdhütte des königlichen Jagdreviers. Aber das Revier ist jetzt in privates und öffentliches Land aufgeteilt. Nichts von diesem Land gehört mehr der königlichen Hyrrokinen-Familie. Es gehört mir."

Ich bin fassungslos und schweige. Feuerbestien? Ein aktiver Vulkan? Und … er hat meine ursprüngliche Frage, ob er Bomben auf dem Grundstück lagert, nicht beantwortet. Na großartig.

„Lass uns hineingehen", befiehlt er. „Ich werde dir zeigen, wo du schlafen kannst."

Das Anwesen scheint aus drei Gebäuden zu bestehen und ich kann ein paar niedrige Konstruktionen in einiger Distanz erkennen. Ich könnte nicht sagen, was hier der Hauptwohnbereich sein soll, denn nichts von diesem Anwesen sieht bewohnbar aus. Skoll setzt sich wieder in Bewegung und dieses Mal wandern meine Augen an seiner nackten Rückseite entlang. Außer einer langen schwarzen Hose, die eine Vielzahl von Taschen zu haben scheint, trägt er … nichts. Ich bewundere die Perfektion der Muskelstränge, die sich über seinen gesamten Rücken ziehen und bin von diesen unglaublich breiten Schultern beeindruckt, während er über die schlammige, ungepflegte Auffahrt schreitet. Ja, er ist furchteinflößend, aber abgesehen von den Hörnern, der roten Haut und den Krallen ist Skoll wohl der stärkste und sexieste Mann, den ich je gesehen habe.

Wir wenden uns einem hohen Gebäude zu, das von hellgrünen Ranken verdeckt wird. Bei näherer Betrachtung ist es offensichtlich, dass dies das Haupthaus sein muss, gebaut aus grauem Stein und Balken aus Ebenholz. Stufen führen zu einem Eingang, der recht marode aussieht. Die verwitterte Tür öffnet sich knarrend, aber sobald wir die Schwelle überschritten haben, fühlt es sich an wie in einem richtigen wohnlichen Haus. Im Inneren befindet sich ein rustikaler Kamin, der fast zwei Stockwerke hoch ist. Die Decke ist von dicken Ebenholzbalken durchzogen, große Holzstühle, eine lange Couch, ein paar Tische und eine kleine, funktionale Küche füllen den Raum aus. Ein Flur führt in den hinteren Teil der Hütte. Das Haus ist nicht sehr groß, aber es wird reichen. Ich muss über einen Haufen von Pfeilen steigen. An den Wänden hängen überall verzierte Schwerter und Speere … Waffen, die von seiner Spezies in alten Zeiten benutzt worden sein müssen. So schlimm ist es hier gar nicht.

Skoll setzt die Kätzchen ab, die sofort beginnen, hinreißend ihre neue Umgebung zu erkunden. Ich kann nicht fassen, wie süß sie sind.

„Du hattest recht", sage ich, „von hier drinnen sieht es wirklich besser aus. Kann ich dich etwas fragen?"

Mein gruseliger Boss grunzt nur als Antwort.

„Welche Arbeiten haben die anderen Manager bereits erledigt? Mit welchem Bereich haben sie angefangen? Ich frage, damit ich dort weitermachen kann, wo sie aufgehört haben."

„Es wurde noch nichts gemacht. Außer mir war seit der Razzia niemand mehr hier."

„Keiner der anderen Manager ist jemals in dieser Hütte gewesen?"

„Nein, du bist die Erste, die so weit gekommen ist. Ich habe die anderen per Holo-Video interviewt und unsere Folgetermine während der Erstgespräche abgesagt. Sie waren nicht die Richtigen."

Mir wird ganz warm ums Herz. Warum gefällt mir die Tatsache, dass er den anderen beiden abgesagt hat und mich behalten möchte? Obwohl, andererseits *musste* Skoll mich wohl als seine dritte Wahl akzeptieren, weil sonst niemand mehr übrig gewesen wäre, richtig? Außerdem dachte er, dass Nate zu ihm reisen würde, hat aber statt-dessen mich bekommen. Trotzdem ist es schön zu wissen, dass ich seine „Erste" bin. Aber bin ich die Managerin, die er wirklich will? Ich habe ihm meine Referenzen gegeben, aber es ist wichtig, dass ein Kunde mit dem Manager, mit dem er arbeitet, zufrieden ist. Wenn die Basis nicht stimmt, wird alles andere auch nicht funktionieren. Also frage ich: „Bist du mit der Tatsache einverstanden, dass ich deine professionelle Managerin bin?" Ich starre zu ihm auf und warte nervös auf seine Antwort. Ich brauche diesen Job wirklich, aber nicht so sehr, dass ich bereit bin, meine neue Karriere damit zu beginnen, mich einem unwilligen Kunden aufzudrängen.

Rauch wabert aus Skolls Nasenlöchern. „Ich bin noch am Überlegen", antwortet er.

Immer noch? Mein Gott.

Dann blickt er zum zweiten Mal auf eine altmodische mechanische Uhr an der Wand.

„Stimmt etwas nicht?"

Er presst die Zähne aufeinander. „Mein Kurs trifft sich in einer Viertelstunde."

„Dein Kurs?"

„Mein vom Gericht angeordneter Konfliktlösungs-kurs", antwortet er wahrheitsgemäß.

Ein *gerichtlich angeordneter* Konfliktlösungskurs? Oh mein Gott. Dieser Mann hortet Waffen und hat *außerdem* Probleme mit Wutbewältigung? Ernsthaft, worauf habe ich mich da eingelassen? Hat er die anderen beiden Manager abgelehnt, oder haben *sie* ihn abgelehnt?

Ich sehe mich noch einmal um und begutachte all die Waffen, die in Ecken versteckt und an der Wand und in Regalen ausgestellt sind, oder einfach lose herumliegen –

und plötzlich wirken sie viel bedrohlicher auf mich. Ist das ein normaler Hyrrokinen-Bürger, dem die Sammellust einfach ein wenig entglitten ist, oder habe ich es mit einem verrückten Extremisten zu tun, der von seiner Hütte in der Wildnis aus heimlich einen Aufstand plant? „Du musst nicht hier draußen bei mir bleiben, wenn du zu deinem Kurs musst", sage ich zögerlich, „ich kann mich auch erst einmal allein umsehen, bis du wieder da bist."

„Nein, ich kann ruhig ein wenig zu spät kommen. Ich bleibe noch. Ich bleibe und erkläre dir, was du mit meinen Waffen machen sollst."

Zustimmend hebe ich die Hände. „Okay, was immer du willst", antworte ich und versuche, den Lebensstil dieses Mannes nicht vorschnell zu verurteilen. Da die Behörde für Waffen und Sprengstoff der Hyrrokinen bereits hier war und ihn nicht sofort ins Gefängnis geworfen hat, kann ich davon ausgehen, dass sie *ihn* nicht als Bedrohung ansehen – das Chaos, das er hier mit seinen Waffen hat, ist jedoch langfristig gesehen definitiv ein Sicherheitsrisiko. Ich weiß noch nicht genug, um einordnen zu können, was er hier draußen tut, also wird es das Beste sein, wenn ich abwarte und wir uns erst einmal aneinander gewöhnen. Die Waffensammlung ist allerdings wirklich umfangreich.

In der Jagdhütte riecht es angenehm, was ein gutes Zeichen dafür ist, dass weder etwas zu verrotten scheint noch, dass hier angesammelte Tierhaare, Urin oder anderes ekelhaftes Zeug herumliegen. Das erleichtert meine Arbeit um ein Zehnfaches und beruhigt mich auch in meiner Sorge, dass dieser Mann schwerwiegendere Probleme haben könnte. Abgesehen von dem vorherrschenden Chaos ist es hier sogar einigermaßen sauber und hygienisch. Ein Reinigungsroboter ist gerade damit beschäftigt, Skolls schlammige Fußabdrücke zu beseitigen, sodass der Wohnraum ein Grundmaß an Sauberkeit

aufweist. Ich habe schon *viel* schlimmere Sammlerwoh-
nungen gesehen, als ich ein Praktikum bei der Wohnungs-
behörde in Mumbai absolviert habe.

Vielleicht kann ich ihn dazu bringen, sich mir ein
wenig mehr zu öffnen? Ich drehe mich um und zeige auf
ein mit Flammen graviertes glänzendes Schwert, das über
dem Kamin hängt. „Das ist aber interessant", sage ich und
versuche, ihm eine Gelegenheit zu geben, über das zu sprechen, worauf er stolz ist, „steckt eine Geschichte hinter
diesem Schwert?"

Mein Boss schüttelt den Kopf und ballt die Fäuste.
„Du weißt nichts über die Geschichte der Hyrrokinen",
knurrt er.

Ich lasse die Schultern hängen. „Das stimmt", gebe ich
zu. „Aber ich würde gerne mehr darüber erfahren."

„Ich habe keine Zeit für so etwas", knurrt er wieder,
diesmal lauter. „Alles, was ich will, ist in Ruhe gelassen zu
werden."

Oh, oh. Sein Wutproblem scheint sich zu melden und
ich weiß nicht, wie ich ihn beruhigen soll. „Ich ... Ich –"

Sein ganzer Körper färbt sich dunkelrot und seine
Brust bläht sich auf. Sein Schweif peitscht hinter ihm
durch die Luft und eine kleine Flamme schießt aus seinem
Mund.

Ich schreie auf, mache einen Schritt zurück und stoße
dabei gegen ein Regal. Plötzlich scheint die Hölle loszubre-
chen. Eine Lawine von Speeren löst sich von der Wand
und prasselt auf meinen Kopf herab.

„Ariana", schreit Skoll.

Die Stangen krachen zu Boden, während ich nach
hinten stolpere und schließlich zu Boden falle, begraben
unter Speeren. Zum Glück sind sie nicht so schwer und ich
scheine nicht verletzt zu sein, aber ich lande doch ziemlich

erschrocken auf meinem Hintern. Die Kätzchen schnüf-
feln an meinen Füßen.

Skoll schleudert die Speere zur Seite, um sich zu mir
vorzuarbeiten, nimmt mich in seine Arme und wiegt mich
an seiner Brust. „Bist du okay?“

Ich streiche mir die Haare aus dem Gesicht und
schenke ihm ein zittriges Lächeln. „Mir gehts gut“,
antworte ich, denn in seinen Armen zu liegen und zu
wissen, dass er mich trotz dieser wütenden Stichflamme und
seines gerade noch äußerst mürrischen Verhaltens anscheinend wirklich mag, fühlt sich richtig gut an. „Es tut mir leid,
dass ich so ein Durcheinander verursacht habe“, sage ich.
„Ich verspreche, ich werde das später noch aufräumen.“

„Keine Sorge“, krächzt er, als er seine Nase in meinem
Nacken vergräbt und tief einatmet.

„Oh“, hauche ich und lege meine Hand zaghaft auf
die Rundung seiner massiven, muskulösen Schulter. Was
wird das denn? Ich hebe mein Kinn an, um ihm besseren
Zugang zu verschaffen und die scharfen Spitzen seiner
glänzenden Hörner zu meiden. Seine Haut ist so weich
und gleichzeitig steinhart. Er ist irgendwie magisch … und
… was macht er da? Ich hoffe, ich rieche gut.

Schließlich grunzt er, hebt den Kopf und setzt mich
abrupt auf meine Füße. In Sekundenschnelle ist er wieder
der mürrische Alien-Boss – der Mann, der nicht zulässt,
dass irgendjemand etwas an seiner Lebensweise ändert.
Der Mann, der leugnet, dass etwas nicht stimmt.

Als ob er mich nicht Sekunden zuvor in seinen Armen
gehabt hätte.

Ich weiß nicht einmal, was das alles sollte – was ist da
zwischen uns? Ich blinzle und versuche, mich zu konzentrieren. Dann klettere ich vorsichtig über diese gigantischen Unordnung, die ich angerichtet habe. Oh, Mann.

„Was sind das alles für Waffen?", frage ich schnell und versuche so zu tun, als wäre nichts Ungewöhnliches passiert. „Kannst du mir mehr darüber erzählen und warum sie dir so am Herzen liegen?"

Er seufzt, immer noch genervt von meiner Unwissenheit. „Entschuldige meine unkontrollierte Wut vorhin. Ich werde versuchen, künftig ruhig zu bleiben. Aber es ist schwierig für mich, mit einem Wesen umzugehen, dem diese Artefakte nicht so viel bedeuten wie mir."

Da hat er wohl recht, ich weiß nichts darüber, was ihm wichtig ist, und das ist keine gute Basis. Wie soll ich verstehen, was bleiben soll oder aussortiert werden kann und wie man seine Stücke richtig lagert, wenn ich ihre Geschichte und die Materialien, aus denen sie gemacht sind, nicht kenne? In diesem Moment beschließe ich, es zu meiner neuen Lebensaufgabe zu machen, so viel wie möglich über die Geschichte und die Waffen der Hyrrokin zu lernen. Er wird schon sehen.

„Ich sammle alte Waffen, seit ich meinen ersten Sold vom Militär erhalten habe", erzählt er mir. „Als ich die Strikestone-Hütte erbte, begann ich, meine Waffen hierherzubringen und zu lagern."

Ich laufe in dem großen Raum umher, sehe mir alles genauer an und versuche, nicht auf Skolls spektakuläre nackte Brust zu starren. „Du kommst schon dein ganzes Leben lang hierher?"

„Dieses Anwesen ist seit über fünfhundert Jahren im Besitz meiner Familie. Jedes Jahr zur Feuersonnenwende versammelt sich hier der gesamte Strikestone-Clan."

Wie groß ist seine Familie? Vermutlich müssten sie draußen zelten, da die Hütte sehr klein ist. Wie gefährlich kann es hier schon sein, wenn seine gesamte Großfamilie hier einmal im Jahr ein Familientreffen abhält? Das ist eigentlich eine gute Nachricht. „Und wer ist das?", frage ich, während ich, – um ihn besser kennenzulernen –, auf das Bild einer weiblichen Hyrrokinin auf dem Kaminsims zeige. „Ist das deine Schwester?"

„Nein, das ist meine Zukünftige. Sie hat es mir geschickt und darauf bestanden, dass ich es hier hinstelle."

„Deine Zukünftige? Was soll das bedeuten?"

Er hält inne. „Sie ist meine zukünftige Partnerin. Ich habe öffentlich erklärt, dass dieses Weibchen meine zukünftige Partnerin ist, seither bin ich ihr ehrenhaft verbunden, auch wenn wir unsere Partnerschaftszeremonie noch nicht vollzogen haben."

„Du bist verlobt?", quieke ich und bemerke, wie meine ganze Welt aus den Fugen gerät.

Er verlagert seinen Stand und schaut weg. „Ja", grummelt er. „Lilith wird die Mutter künftiger Strikestones sein."

Lilith? Ihr Name ist Lilith?

Ich stehe da und starre den sexy gehörnten Teufel an, der in diesem Moment sogar meine beiden Kätzchen im Arm hält. Der Kerl, der mich bereits zweimal in seinen Armen gehalten hat, – der an meinem Hals geschnüffelt hat, als hinge sein Leben davon ab –, dieser Typ ist verlobt? Skoll wird heiraten und hat das Bild dieser Frau gut sichtbar auf seinem Kaminsims platziert. Er ist in eine andere verliebt. *Verliebt in eine andere.* Meine Gedanken spielen jede unserer gemeinsamen Interaktionen ab, seit wir uns kennengelernt haben, und es ist mir so peinlich, dass es fast weh tut.

Ich schätze, ich dachte … Was? Was habe ich gedacht? Ich habe keine Ahnung, was ich ihm zu diesem Zeitpunkt bedeute. Wir sind zwei verschiedene Spezies. Vielleicht sind alle Hyrrokinen so körperbetont im Umgang mit anderen und berühren sich gegenseitig dauernd so? Vielleicht stehen sie einfach auf Gerüche anderer Wesen?

Warum sollte er irgendein anderes Interesse an mir haben als …? Dumm. *Dumm.* Warum sollte ein so gestandenes Männchen solo sein? Natürlich hat ihn sich schon ein kluges Weibchen geschnappt.

Ich trete einen Schritt zurück und schlucke hart, versuche, meine demütigenden Gefühle zu überwinden und mit der Sache fortzufahren, um die es hier eigentlich geht. „Kommt deine Verlobte bald an? Ich bin sicher, sie wird ihren Beitrag zu diesem Projekt leisten wollen. Das wird schließlich auch ihr Eigentum sein."

Er begegnet meinem Blick. „Nein, sie wird nicht kommen. Sie hat mich hier noch nie besucht."

Ich blinzle. „Sie war noch nie in deiner Hütte?"

„Nein. Niemals."

Das ist seltsam. Sie sind verlobt, aber seine Verlobte ist noch nicht hier gewesen? Und trotzdem will sie, dass ihr Bild auf seinem Kaminsims steht, damit es jeder sehen kann? Okay … ich schaue mich um … „Das bedeutet also, dass du hier allein wohnst? Somit werden es nur du, ich und die beiden Kätzchen sein, die für die Dauer dieses Projekts in deiner Hütte leben?"

„Ja."

Oh, verdammt.

4

ARIANA

Ich bin allein in einer Hütte in der Wildnis mit einem unfassbar anziehenden Mann und er ist „vergeben". Liebe Götter, das wird eine Qual. Wie soll ich seine perfekt gemeißelte Brust, seinen strammen Arsch und diese *prallen Schenkel* ignorieren? Ich muss das alles beiseiteschieben und irgendwie versuchen, professionell zu wirken, als ob mich das alles nicht im Geringsten ablenken würde.

Ich meine, technisch sollte das nicht schwierig sein – die meisten menschlichen Frauen würden schreiend vor Skoll Strikestone davonlaufen. Aber aus irgendeinem Grund lässt seine Nähe mein Herz schneller schlagen und meinen Körper vor unerwiderter Lust erglühen. Ich kenne ihn kaum und doch wünsche ich mir, in seinen massiven roten Armen zu liegen, mit meiner Zunge in seinem lebensgefährlichen Mund.

Das ist schrecklich.

Mein verlobter Boss unterbricht unser Gespräch, stapft hinüber in die kleine Küche und hat in wenigen Minuten kleine Schälchen mit irgendeinem breiigen Hackfleisch parat, das er den Kätzchen liebevoll serviert. Sie essen eifrig und scheinen es zu lieben. Nachdem ich nicht weiß, was ich sonst tun sollte, folge ich ihm. Seite an Seite stehen wir ganz still und sehen zu, wie die Babys fressen.

Was soll man auch tun oder sagen, nachdem man herausgefunden hat, dass der neue sexy Boss verlobt ist? *Nachdem* man den ganzen Nachmittag mit ihm geflirtet hat?

Ich atme tief ein. Es wird schwierig werden, aber ich kann das schaffen. Niemals würde ich mich einem unwilligen Mann an den Hals werfen, noch weniger würde ich mich an einen Mann heranmachen, der vergeben ist. Finger weg. Augen weg. Skoll ist mein Klient, mein neuer Auftrag und sonst nichts. Ich werde mir den Arsch aufreißen, um dieses Projekt mit bestem Wissen und Gewissen zu Ende zu bringen und dann … werde ich den nächsten Job annehmen.

Die beiden süßen Kätzchen essen zu Ende – sie sehen müde und zufrieden aus, mit ihren kleinen dicken Bäuchen –, dann sammelt Skoll sie auf. „Folge mir", sagt er, „ich bringe euch in euer Quartier, damit ihr drei euch ausruhen könnt."

Oh, Gott sei Dank. Ich könnte wirklich etwas Zeit für mich gebrauchen also schnappe ich mir meinen Koffer und wir gehen zusammen einen kurzen Flur entlang. Als er eine Tür für mich öffnet, trete ich ein. „Ich möchte die Kätzchen bei mir im Zimmer haben", verkünde ich und greife nach ihnen.

Skolls Kiefer spannt sich an, aber er willigt ein und legt mir die Babys in die Arme. „Öffne die Schränke nicht und fasse keine der Waffen ohne meine Erlaubnis an", befiehlt er, dann schlägt er die Tür hinter sich zu und lässt mich allein zurück.

Hmm. Er wird vermutlich losmüssen, um noch rechtzeitig zu seinem Konfliktlösungskurs zu kommen.

Ich setze die kleinen Kätzchen ab und lasse sie schnüffelnd umherstreifen. Der Raum ist zwar klein und mit Schutzschilden und Pfeilbündeln übersät, aber es wird reichen. Beim Blick aus dem Fenster erkenne ich eine Wand, die mit dichten Dschungelranken übersät und von hohen Bäumen umgeben ist. Es ist eigentlich eine wunderschöne Aussicht. Der Raum ist voll von Skolls mysteriösen Waffen, und viel Bodenfläche ist nicht frei.

Ich weiß, dass er gesagt hat, ich solle es nicht tun, aber … mir zu sagen, ich dürfe keinen Schrank öffnen, war eigentlich nichts anderes als die perfekte Einladung, genau das zu tun. Also öffne ich vorsichtig einen nahegelegenen Schrank und die riesigen Schwerter darin beginnen gefährlich zu wackeln, als würden sie gleich alle herausfallen. Schnell schließe ich die Tür und drehe den Schlüssel im Schloss um. Okay, vielleicht hatte er doch recht.

Weitere Speere, Schwerter und – sind das etwa Folterinstrumente? – sind auf dem Boden gestapelt. Ich kann das alles nicht glauben. Es muss einen besseren Weg geben, all diese Waffen aufzubewahren, als sie hier herumliegen zu lassen, wo sie jeder anfassen oder darüber stolpern kann. Vielleicht sollte ich den gesamten Reorganisationsprozess gleich von hier aus starten, denn diese Unordnung macht mich noch verrückt. Ich bin der Typ Mensch, der sich nicht ausruhen und entspannen kann, bis um ihn herum zusammengeräumt ist. Ordnung macht meinen Kopf frei. Nicht umsonst habe ich diesen Berufsweg gewählt.

Nachdem ich mich aber noch in der Anfangsphase dieses Projekts befinde, kann ich *noch* nichts umorganisieren oder gar entsorgen. Schade.

Ich sitze auf dem schmalen Bett, versuche das Chaos zu ignorieren und greife schließlich nach meinem Tablet, um die Akte zu Skolls „Vorfall" anzufordern. Ich muss wissen, warum die Behörde für Waffen und Sprengstoff überhaupt erst seine Hütte gestürmt hat. Ungeduldig klopfe ich mit den Fingern auf meinen Oberschenkel, weil das Herunterladen der Datei ewig dauert. Schließlich beginnt ein rotes Warnfeld zu blinken. Verdammt. Die hyrrokinische Regierung hat meiner Anfrage eine eintägige Wartezeit auferlegt, während sie meine Zugangsberechtigung überprüft. Ich rolle mit den Augen und lege das Tablet zur Seite.

Gut.

Heute war ein verrückter Tag.

Das Sex-Video von Antonio und seiner Assistentin in seinem Büro wurde mir anonym zugespielt. Es war in meiner jahrelangen Suche nach Freiheit das Tüpfelchen auf dem I. Ich musste es mir zusehen wie ein Passant, der Zeuge eines Autounfalls wird, konnte einfach nicht wegsehen, bin dann zu ihm hinüber marschiert und habe mich öffentlich von meinem unechten Verlobten getrennt. Danach habe ich zwei Kätzchen aufgelesen und den Planeten verlassen, und jetzt bin ich hier. Eine weitere altmodische mechanische Uhr, die auf einem Nachttisch steht, fällt mir ins Auge. Ist es wirklich erst ein paar Stunden her, seit das alles passiert ist? Denn es kommt mir vor wie eine Ewigkeit.

Ich ziehe meinen Koffer zu mir und öffne ihn, denn es ist ein guter Zeitpunkt, mein schmutziges Top und meine Schuhe auszuziehen. Ich packe meine Sachen aus und richte mich ein wenig ein. Eine leere Kommode gibt es noch in diesem Zimmer, also falte ich meine Unterwäsche fein säuberlich und sortiere sie nach Farbe und Passform. Meine anderen beiden Paar Schuhe stelle ich in einer schönen Reihe neben ein paar roten und lila Speeren auf dem Boden. Eigentlich sieht das ganz interessant aus. Seit wann mag ich es, Waffen neben meinen persönlichen Gegenständen liegen zu haben? Seltsam.

Heute habe ich meine Suite in der Villa meines Vaters

aufgegeben und bin stattdessen hier eingezogen. Mein Luxusauto, meine umfangreiche Kleidersammlung und das Badezimmer, das einem Wellnessbereich geähnelt hat, habe ich auch zurückgelassen. Aber das war es definitiv wert. Ich bin frei.

FREI.

Ich ziehe meine schmutzigen Schuhe aus, gehe barfuß auf den ruhigen Flur und betrete die einzige Toilette, die es in der Jagdhütte gibt. Sie ist alt, ohne jeglichen High-tech, aber sie funktioniert und ist sauber. Irgendwie hat sie sogar einen gewissen rustikalen Charme. Ich bin ein echtes „Stadtmädchen", also ist das eine schöne Abwechslung für mich. Eine gute Erfahrung.

Der Reinigungsroboter taucht auf und fängt an zu piepsen, während er den Bereich für mich auffrischt. Ich sehe fasziniert zu, wende mich aber bald ab und benutze die Toilette, wasche mir Gesicht, Hände und Füße und gehe zurück ins Schlafzimmer, um mich umzuziehen.

Als ich die Schubladen durchsehe, um zu entscheiden, was ich anziehen soll, finde ich in der untersten Schublade ein Damenoberteil, das scheinbar vergessen wurde. Es ist die gleiche Art von Schlauchtop, wie es alle Hyrrokinen-Weibchen in der Hauptstadt getragen haben. Die knall-grüne Farbe gefällt mir sehr und nachdem es superbequem aussieht beschließe ich, es anzuprobieren. Ich ziehe es über meinen Kopf und streiche es über meinen Oberkörper. Es passt und ich denke, es sieht gut aus zu meinen Jeans. Nachdem das Wetter momentan schön ist, ist diese leich-tere Kleidung perfekt. Es gibt zwar keinen Spiegel in diesem Zimmer, aber ich bin ziemlich sicher, dass ich gut aussehe. Im Verhältnis zu meinen breiten Hüften und dicken Oberschenkeln ist meine Taille recht schmal, und ich mag es, wie dieses Oberteil meine Kurven betont und meine Schokoladenseite zur Geltung bringt. Ich ziehe ein

Paar rosa Slipper an und bin mit meinem Outfit zufrieden. Normalerweise trage ich keine Oberteile, die meine Arme und Schultern so entblößen, aber dieses hier gefällt mir.

Bei diesem Gedanken beiße ich mir auf die Lippe und Skoll fällt mir ein. Schon wieder.

Ich hatte noch nie auch nur ein einziges Date oder wurde gar geküsst. Das ist so albern. Ich bin zweiundzwanzig Jahre alt und eine ungeküsste Jungfrau. Erbärmlich. Ich blicke an mir hinunter und es gefällt mir, wie meine prallen Arme und Schultern in dem ärmellosen Shirt aussehen. Ich sehe so weich und geschmeidig aus mit meiner goldenen Haut. Wenn dieser Job vorbei ist, brauche ich ernsthaft einen Freund. Ist das der Grund, warum ich mich so stark zu Skoll hingezogen fühle? Weil ich endlich frei bin und mich auf den erstbesten verfügbaren Typen stürzen will? Aber Skoll Strikestone ist *nicht* verfügbar! Und ich bin – rein technisch betrachtet – auch nicht verfügbar.

Genau in diesem Moment fangen beide der Kätzchen an, nach Aufmerksamkeit zu schreien. „Babys." Ich hebe sie auf das Bett, setze mich zu ihnen und lache über ihre Possen. Ich liebe ihre winzigen Pfoten, die kleinen Schwänzchen, und ihr weiches Fell. Sie scheinen bereits ausgeprägte Persönlichkeiten zu haben. Das dunklere Kätzchen ist frech und das hellere scheint ruhiger und schüchterner zu sein. Ich lehne mich mit ihnen zurück und lasse sie auf meinem Bauch herumhüpfen und über meine Beine laufen. Schätzchen.

Eigentlich sollte ich jetzt, wo ich einen Moment für mich habe, Kontakt zu meinen Freunden aufnehmen, aber ich bin einfach gerädert. Also schnappe ich mir das Tablet und sende eine „alles in Ordnung"-Nachricht an meine Freunde und Kollegen auf der Neuen Erde, dann lege ich beide Hände auf meinen Bauch und versuche, mich für einen Moment zu entspannen. Die Kätzchen kuscheln sich an mich. Süße Babys. Ich strecke meine Hand aus und streichle ihre kleinen Köpfchen. Eigentlich bin ich ganz froh, sie mitgenommen zu haben.

„Er wollte euch beide fressen", erinnere ich sie. „Ich weiß, dass ihr ihn wirklich mögt, aber Skoll Strikestone dachte, ihr wärt Futter. Er hätte euch wahrscheinlich in seinen Mund gesteckt, wenn ich nicht gewesen wäre."

Ich weiß immer noch nicht, wie ich sie nennen soll. Ach, sie sind so verdammt süß.

Ständig schweifen meine Gedanken zu dem Teufel ab, an den ich gar nicht denken sollte. An den Teufel, der bald heiraten wird. Er ist ungewöhnlich groß, hat rote Haut und eine glänzende Glatze. Zwei schwarze Hörner ragen aus seiner Stirn, seine Lippen sind schwarz, er hat große weiße Reißzähne und einen riesigen schwarzen Schweif mit einer Art spitzem Ding am Ende. Und um das Ganze abzurunden, sind seine Hände und Füße mit silbernen Krallen bestückt.

Er spuckt Feuer und aus seinen Nasenlöchern quillt oft Rauch.

Und doch finde ich ihn anziehend. Ich habe ihn angefasst! Zuerst hat er mit mir auf der Transporterscheibe gesprochen und irgendwie sind meine Hände an seiner Gürtelschnalle gelandet und haben diese straffen Bauchmuskeln berührt. Apropos unangemessen – so habe ich mich noch nie in meinem Leben bei einem anderen Wesen verhalten. Ich muss mich noch einmal dafür entschuldigen. Oder soll ich ab jetzt einfach besser auf die Grenzen guten Benehmens achten? Dieser Mann ist mit einer anderen Hyrrokinin verlobt und ich brauche diesen Job, um mir etwas aufzubauen. Das ist eine Gelegenheit für mich, meine Fähigkeiten auf einem neuen Gebiet unter Beweis zu stellen.

Aber ... ich liebe diese Narbe an der Seite seines Gesichts. Sie ist so lang, dass sie über seine Ober- und Unterlippe verläuft und die eine Seite seines Gesichts ein wenig nach unten zieht. Sie reicht bis zu seinem Hals hinunter. Alles, woran ich denken kann, wenn ich sie ansehe, ist, wie stark dieser erfahrene Soldat sein muss, um das überlebt zu haben. Trotz seiner mürrischen Art und der Tatsache, dass er ständig versucht, mir meine Kätzchen wegzunehmen, habe ich größten Respekt vor ihm.

Plötzlich klopft es an der Tür. „Ariana, hast du Hunger?", fragt eine raue Stimme.

Ich liebe es, wie er meinen Namen sagt.

„Ich habe Abendessen gemacht", knurrt Skoll, ohne die Türe zu öffnen.

Abendessen? Skoll kann kochen? Sofort sammle ich die Kätzchen ein und setze sie auf den Boden, dann gehe ich hinüber und öffne. „Ich würde gerne etwas essen. Danke."

Als er mich von oben bis unten mustert, klappt sein Kiefer auf und entblößt zwei Paar perlweiße Reißzähne. „Woher hast du das Top?"

Oh, oh. Ich lege eine Hand auf meine Brust. „Ähm, ich habe es in der Kommode gefunden ... du sagtest, deine Verlobte sei noch nie in der Hütte gewesen, also wusste ich, dass es nicht ihr gehören kann. Ich dachte, es wurde für Gäste dort hineingelegt? Es tut mir leid. Ich hätte erst fragen sollen. Ich kann mich umziehen", stammle ich, während ich die Tür schließen will.

„Nein", krächzt er, während er eine riesige Klaue gegen den Türrahmen stemmt. „Lass es an", murrt er. „Es gehörte meiner Mutter. Grün war ihre Lieblingsfarbe. Es steht dir gut."

Mein Gesicht wird warm. „Oh." Ich meine, was soll ich *dazu* sagen?

Als mein Blick nach unten schweift – ich weiß, das

sollte er nicht, aber ich kann mich nicht zurückhalten –, sehe ich die Umrisse einer riesigen Erektion, die seine Hose spannt. Mein Magen krampft sich zusammen. Sein Schwanz ist riesig.

„Wir werden zu Abend essen und dann ins Bett gehen", sagt er mit rauer Stimme. „Morgen früh führe ich dich auf dem Grundstück herum und zeige dir die Nebengebäude. Es ist jetzt dunkel und ich möchte nicht, dass du dich dann im Freien aufhältst."

Ich schlucke hart und zwinge mich, meinen Blick auf sein Gesicht zu richten und die Tatsache zu ignorieren, dass er sich auch zu mir hingezogen fühlt. Was für ein Schlamassel. Ich dachte, das wäre vielleicht alles nur einseitig, aber das ist es nicht. Es ändert jedoch nichts an der Tatsache, dass er mein neuer Klient ist, der verlobt ist und heiraten will. „O–okay, ich werde morgen eine vollständige Prüfung durchführen, bevor wir entscheiden, was geändert werden muss." Skoll verkrampft sich bei meinen Worten, also mildere ich meinen Tonfall. „Bevor *du* entscheidest, was geändert werden muss", schwenke ich um.

Er nickt knapp und zustimmend. Ein Muskel in seinem Kiefer vibriert. „Wo sind Snack und Häppchen?", fragt er.

„Wer? Was?"

„Die Kätzchen, die du von Neue Erde mitgebracht hast, wo sind sie?"

In dem Moment, als er die Frage zu Ende gestellt hat, kommen die beiden winzigen Flauschbällchen beim Klang seiner Stimme zu meinen Füßen gerannt. Ich glaube, sie mögen Skoll mehr als mich.

„Die hier", – er zeigt auf die dunklere orangefarbene Katze, die sich an seinem Knöchel reibt –, „heißt Snack. Und die hier", – er zeigt auf die mit den helleren Streifen –, „ist Häppchen."

Ich kann es nicht glauben. Er hat meinen Katzen Namen gegeben? Wann ist das passiert? „Du hast meine Katzen getauft?"

„Das habe ich", lächelt er, dann nimmt er beide hoch.

Er sieht dabei so gut aus, dass mir die Kinnlade runter-fällt. Sein erschreckender Anblick lässt sofort nach, sobald er lächelt und seine tiefen Lachfalten, wenn nicht sogar Grübchen sichtbar werden. Seine schwarzen Augen funkeln und seine gespaltene Zunge sieht verrucht aus. „Ich habe auch für euch beide Abendessen gemacht", sagt er zu den Babys, während er seine Wange an ihren Bäuchen reibt und sie mit in den Flur nimmt.

Sie schnurren lautstark in seinen Armen.

Ich schüttle den Kopf und folge ihm.

Wir sitzen zusammen am Tisch im vorderen Zimmer. Im Kamin lodert ein Feuer, das den perfekten Grad an Wärme abgibt. Hat er hier ein wenig aufgeräumt, während ich im Schlafzimmer war? Es sieht plötzlich viel gemütlicher aus …

„Probiere das Fleisch", sagt Skoll zu mir. „Du bist zu dünn. Du musst mehr von unseren Hyrrokinen-Speisen essen und dich in unserer Sonne aufhalten, um gesünder zu werden."

„Gesünder? Du hältst mich für zu dünn?", antworte ich fassungslos. Nicht ein einziges Mal in meinem Leben hat jemand gemeint, ich sei zu dünn.

„Ja, und du brauchst mehr Muskeln."

„Muskeln? Normalerweise werde ich für mein Überge-wicht aufgezogen", murmle ich, während ich einen kleinen Bissen nehme und das Hyrrokinen-Gericht probiere. Wow, das Fleisch ist köstlich –würzig und süß zugleich.

Verwirrung zeichnet sich deutlich auf seinem furchter-regenden Gesicht ab. Seine schwarzen Hörner glänzen im

Schein des Feuers. „Was bedeutet ,Übergewicht'?", fragt er
mich.

Ich lege den Fleischspieß ab und starre ihn mindestens
eine ganze Minute lang an, um diese seltsame Wendung
der Ereignisse zu verarbeiten. Dieser Mann weiß nicht
einmal, was das Wort „Übergewicht" bedeutet? Er denkt,
ich sei zu dünn und müsse Muskeln aufbauen? Schließlich
lächle ich breit. Er mag mich so, wie ich bin. „Es ist nur ein
Begriff, der bedeutet, dass ich dünner sein sollte. Auf der
Neuen Erde gelte ich als dick für eine Frau."

„Dick? Du bist viel zu zart", schnaubt er eine Rauch-
wolke aus und isst weiter.

Ich beobachte genau, wie wild Skoll sein Fleisch isst, es
mit seinen Reißzähnen zerreißt. Mit seiner gespaltenen
Zunge leckt er Soßenreste von den Spitzen seiner Krallen.
Ich rutsche indessen auf meinem Stuhl hin und her, denn
die Hitze zwischen meinen Schenkeln wird leicht unangenehm. Er hält inne, starrt mich direkt an und atmet tief
ein. Seine Augen verdunkeln sich. Ich könnte schwören,
dass er spüren kann, wie mein Körper auf ihn reagiert,
aber er darf nichts davon wissen. Oder?

„Meine Zukünftige heißt Lilith Hearthstone", erinnert
er mich. „Ich habe sie vor zehn Mondzyklen gebeten,
meine Partnerin zu werden, weil sie die einzige Frau ist,
mit der ich je ausgegangen bin, die nie Angst vor mir
hatte."

Die nie Angst vor ihm hatte? Seine Worte brechen mir das
Herz.

Ich zucke mit den Schultern. „Ich hatte nur ganz am
Anfang Angst vor dir, als ich ankam und nicht wusste, wo
ich war und auf welche Spezies ich treffen würde. Aber im
Allgemeinen habe ich keine Angst vor dir …, und
außerdem bin ich auch verlobt." Aus irgendeinem Grund
möchte ich, dass Skoll alles über mich erfährt. Und viel-

leicht hilft es ja, wenn er weiß, dass ich auch jemandem versprochen bin? Im Gegensatz zu Antonio fange ich kein Verhältnis an, solange ich noch verlobt bin. Ich glaube an die Institution der Ehe. Deshalb schmerzt mich der Gedanke, dass Antonio und mein Vater solch eine Show aus unserer vermeintlichen Verbindung gemacht haben. Eines Tages werde ich hoffentlich einen Mann heiraten, den ich liebe, und eine Familie mit ihm gründen.

Skoll hält inne und starrt mich mit glühend roten Augen an. Seine Krallen kratzen über den Tisch. „Du bist verlobt?", knurrt er, während wieder Rauch aus seinen Nüstern weht. „Es gibt ein Männchen auf deinem Heimat-planeten, das dein Auserwählter ist? Du hast einen Gefährten?"

Ich spitze meine Lippen. Warum macht er daraus eine so große Sache? Warum ist er so verärgert? „Nun, nicht wirklich. Ich wurde von meinem Vater dazu bestimmt, den Sohn einer mächtigen politischen Familie zu heiraten. Mein Vater besaß großen Reichtum, nicht dass das wichtig wäre, denn er behielt alles für sich. Kürzlich ist er jedoch verstorben und hat mir– unter bestimmten Bedingungen – alles vermacht …" Ich sehe zu Skoll hinüber und beschließe, ihm die ganze Geschichte zu erzählen. Er und ich sind hier draußen allein und ich erwarte, dass er sich mir gegenüber öffnet. Er hat mich in sein Leben gelassen. Ich denke, da kann ich ihm auch etwas über mich erzäh-len, damit er mich besser kennenlernen kann. „Ich bin allerdings dabei, mein gesamtes Erbe aufzugeben, weil ich Neue Erde verlassen und mit meinem Verlobten Schluss gemacht habe."

„Du bist also doch nicht verlobt?"

„Doch, technisch gesehen schon. Ich habe versucht, die Verlobung zu lösen, aber ich kann es nicht. Mein Verlobter und ich sind im Grunde Fremde und lieben einander nicht.

Wir haben uns noch nie ‚lustgepaart'. Er hat kein Interesse an mir als Person, nur an meinem Geld und der politischen Macht, zu der ich ihm verhelfen könnte. Ich will ihn nicht heiraten. Rechtlich gesehen ist der einzige Ausweg, Antonio heiraten zu müssen und trotzdem an mein Erbe zu kommen, dass er die Verlobung seinerseits auflöst. Sollte er das nicht tun, stecke ich für immer in dieser Grauzone fest, in der ich niemals Zugriff auf mein Erbe haben werde. Außerdem kann ich dann niemals jemand anderen heiraten, weil sein Anspruch auf mich Vorrang hat. Ich kann auf Neue Erde nicht legal heiraten, bis sein Anspruch auf mich geklärt ist oder er jemand anderen heiratet."

„Du hast deinen Heimatplaneten und dein Erbe hinter dir gelassen und diesen Job angenommen, um von ihm wegzukommen?"

„Nun … ich hatte bereits nach einem Job auf einem anderen Planeten gesucht, aber diese Stelle kam im richtigen Moment. Man hatte mir ein Video geschickt, in dem mein Verlobter und seine Assistentin, ähm … sich lustpaarten. Das hat mich dazu veranlasst, meine Zelte auf Neue Erde noch am selben Tag abzubrechen. Ich habe beschlossen, dass es reicht und an der Zeit für mich ist, zu gehen und irgendwo nochmal ganz von vorne anzufangen."

Seine Krallen kratzen wieder über den Tisch. „Dein Verlobter vergnügt sich mit einem anderen Weibchen, während ihr beide beabsichtigt zu heiraten?", knurrt er. „Das ist illegal."

„Nun, auf der Neuen Erde ist es nicht ‚illegal', aber es ist trotzdem moralisch falsch."

„Auf Tarvos ist es illegal. Ich habe mich rechtlich an Lilith gebunden. Weder sie noch ich können sich mit einem anderen Hyrrokinen lustpaaren, bis unsere mündliche Vereinbarung aus irgendeinem Grund beendet wird. Lustpaarungen außerhalb einer solchen Beziehung oder trotz einer mündlichen Vereinbarung sind illegal. Ein Hyrrokine, der so etwas tut, wird sofort für alle Ewigkeit in den Ring des Feuers verbannt."

Oh, wow. Ich verstehe, was er mir sagen will. Die Hyrrokinen paaren sich für immer und begehen keinen Ehebruch – auch nicht, solange sie nur verlobt sind. Er und ich können *wirklich* nicht zusammen sein, oder doch?

5

SKOLL

Als ich am nächsten Morgen aufwache, greife ich nach meinem Tablet und versuche sofort, Lilith eine Nachricht zu schicken. Ich habe ihr gestern Abend schon eine geschickt und keine Antwort erhalten, also versuche ich es erneut.

Ich muss ihre Stimme hören und ihr Gesicht sehen.

Könnte ich nur Liliths Duft einatmen, denn ich bin verwirrt.

Ich kann die ständige Erregung dieser menschlichen Managerin riechen und ein heftiges Bedürfnis nach ihr ist in meiner Brust entflammt. Ich kann es kaum noch ignorieren. Aber wie ist das möglich? Ariana Gonzalez will sich mit mir lustpaaren und dieses Verlangen verströmt sie seit dem Moment, als wir uns im Transporterraum getroffen haben. Auch, dass ich dasselbe Verlangen nach ihr verspüre, kann ich nicht leugnen. Ich will sie in meinen Armen halten und meine gespaltene Zunge in ihren Mund gleiten lassen.

Wie kann das sein? Immer habe ich Liliths angenehmen Duft genossen. Ich nehme an, das liegt daran,

dass sie meine Auserwählte ist. Paare, die zueinander gehören, sind meist recht schnell auf den Duft des anderen
fixiert. Und doch begehre ich plötzlich ein anderes Wesen,
obwohl ich das Weibchen, von dem ich dachte, sie sei die
richtige Partnerin für mich, bereits gefunden habe. Liegt es
daran, dass dieses Weibchen ein Mensch ist? Stört ihr
fremder Duft meine Hyrrokinen-Pheromone?

Oder bin ich einfach nur schwach und unehrenhaft?

Ich weiß es nicht.

Mein Verlobte reagiert nicht auf meine Nachricht. Ich
atme aus und lege das Tablet zur Seite.

Zuletzt habe ich mit Lilith gesprochen, bevor die
Regenzeit begonnen hat. Sie ist mit ihrer besten Freundin
verreist, dieses Mal nach Perth, und segelt vielleicht gerade
zu den berühmten Lavaströmen des Feuerrings. Wir wollen
uns nach ihrer Rückkehr vor Gericht treffen, um unser
Eheversprechen abzulegen. Den genauen Tag, an dem dies
geschehen wird, haben wir noch nicht festgelegt.

Ich habe mein Bestes getan, um mein wildes Verlangen
nach diesem Menschenweibchen zu unterdrücken. Den
Geruch ihrer ständigen Erregung habe ich ignoriert und
ihr außerdem klargemacht, auch wenn sich mein Schwanz
offensichtlich anders verhalten hat, dass ich an eine andere
gebunden bin und diese rechtskräftige Verbindung nicht
lösen werde. Ich werde meine Ehre genauso schützen wie
ihre. Denn auch sie ist vergeben.

Zum ersten Mal in den letzten zehn Mondzyklen stelle
ich meinen Heiratsantrag an Lilith infrage. Verlobte Paare
lösen die Verlobung ab und zu wieder. Es ist selten, aber es
kommt vor.

Ich setze mich auf und reibe mit meinen Krallen über
meinen Kopf. Es herrscht so viel Chaos in meinem Leben.
Mein Eigentum wird geprüft und könnte mir wegge-
nommen werden und ich arbeite mit einem verführeri-

schen Menschenweibchen – und ihren zwei entzückenden „Kätzchen" – zusammen. Bei diesem Gedanken runzle ich die Stirn, weil Snack und Häppchen nicht bei mir im Zimmer sind. Ariana hat gesagt, dass sie bei ihr schlafen sollen.

Schließlich erhebe ich mich von meinem großen Bett – dem Bett, in dem meine Eltern schliefen, als ich jung war, bevor sie bei einem Autounfall ums Leben kamen. Dieses Zimmer ist groß genug für ein Paar. In meiner Jugend teilte ich das Zimmer auf der anderen Seite des Flurs, das Ariana als Gästezimmer nutzt, mit meiner Schwester. Jetzt steht dort nur ein Bett, aber es könnte ganz einfach wieder umgebaut werden, um Stockbetten für mindestens vier Sprösslinge darin unterzubringen.

Mein Kleiderschrank ist halb gefüllt mit Schlagstöcken und diverser Brandschutzausrüstung. Ich habe ihn zu Stauraum umgewandelt, weil meine wenigen Kleidungsstücke nicht so viel Platz brauchen. Früher war ich schließlich allein und wollte nicht ständig an diese Tatsache erinnert werden. Deshalb habe ich den leeren Bereich mit Waffen gefüllt. Ich könnte sie allerdings jederzeit ausräumen, um wieder Platz für die Sachen einer Partnerin zu schaffen.

Warum schweifen meine Gedanken in diese Richtung? Ich muss stark bleiben und darf nicht versuchen, mich mit dieser Frau zu paaren. Die Vorstellung, dass sie in meinem Bett liegen könnte – in meinem Zimmer, ihr Koffer in meinem Schrank –, darf ich einfach nicht zulassen.

Ich bin rechtlich an eine andere gebunden und sie ist ebenfalls rechtlich an das Männchen auf ihrem Heimatplaneten gebunden. Wir sind beide zukünftige Verpflichtungen eingegangen. Dieses Menschenweibchen und ich *können* uns nicht lustpaaren. Keiner von uns beiden kann seine rechtliche Bindung ohne die mündliche oder schriftliche Erlaubnis des jeweiligen Partners auflösen.

Warum ärgere ich mich eigentlich über die Tatsache, dass sie auch gebunden ist? Warum stört mich das immer noch?

Ich gehe hinaus und betrete die Toilette im Flur, in der Absicht, sie zu benutzen, bevor Ariana aufwacht. Ich schließe die Tür, ziehe meine Pyjamahose aus und werfe sie in die alte Waschmaschine, die ich seit meiner Kindheit benutze. Rumpelnd erwacht sie zum Leben und beginnt den Waschgang. Die rustikale Beschaffenheit dieser Hütte und die Geschichte der Familie Strikestone, die in jedem Stein und jedem Balken hier zu spüren ist, lassen mich zur Ruhe kommen. Ich möchte nicht eine einzige Sache an diesem Ort ändern.

Ich trete in die Reinigungseinheit und wasche mir die Brust. Mein harter Schwanz zeigt hoch zu meinem Bauch, bereit, sich zu paaren. Er will Ariana. Alles, woran ich denken kann, ist das Weibchen im Nebenzimmer – und mein dauerharter Schwanz. Was ist nur los mit mir? Normalerweise habe ich Schwierigkeiten meinen Schwanz bei Laune zu halten, wenn ich eine Partnerin beglücken will. Wie kann ich dieses Menschenweibchen so heftig begehren, wo ich doch für eine andere bestimmt bin? Es ist absurd. Geradezu so, als würde Ariana neben mir in der Reinigungseinheit stehen, wir beide nackt unter dem Wasserstrahl.

Ich stoße ein leises Stöhnen aus und möchte nach unten greifen und meinen Schwanz ein wenig pumpen, um den hartnäckigen Druck zu lindern. Ihr Körper ist üppig, ihre Brüste haben die perfekte Größe, um in meine Klauen zu passen, ihre Taille und ihre Oberschenkel sind prall. Sie hat keine Hörner oder Klauen und auch keinen Schweif, und trotzdem kann ich nicht aufhören, an sie zu denken.

Mein Schwanz pocht weiter zwischen meinen Schenkeln, hart und bereit zur Paarung. Ein Knurren grollt in meiner Brust. Ich kann es mir nicht selbst besorgen, denn an wen soll ich denken, während ich es mir mache? Werde ich den Namen meiner Zukünftigen schreien, wenn ich komme, oder den des Menschenweibchens, mit dem ich mich so dringend lustpaaren möchte?

Das hier ist falsch.

Ich habe bemerkt, dass Ariana versucht, die Reaktion ihres Körpers auf mich zu ignorieren. Das werde ich auch tun. Wenn ich sie wissen lasse, wie ich empfinde, kann sie mir helfen, jeglichen Körperkontakt zu vermeiden. Wir können uns gegenseitig helfen, im Rahmen unserer gesetzlichen Verpflichtungen ehrenhaft zu bleiben. Ein ehrenhafter Hyrrokine würde sich niemals außerhalb einer Beziehung paaren. Ariana ist ein ehrwürdiges Menschenweibchen und sieht die Dinge wie ich.

Wir werden zusammen dieses Projekt abwickeln und dann wird sie weiterziehen. So einfach ist das. Ich werde meine Verpflichtung gegenüber Lilith einhalten, mich auf die Ehe mit ihr einlassen und diese seltsame Besessenheit für das Menschenweibchen wird sich in Luft auflösen und ich werde nie wieder an sie denken.

Ich erreiche das Ende des Reinigungszyklus, doch das Gebläse hat einen Kurzschluss und so stehe ich klatschnass in der Reinigungszelle. Verdammt noch mal. Das passiert ab und zu. Ich trete heraus und stelle fest, dass die Waschmaschine auch stehen geblieben ist, sodass meine Kleidung noch nicht gewaschen ist. Jetzt bin ich nass, nackt, sexuell frustriert und hier drinnen finde ich nur ein kleines weißes Handtuch.

Griesgrämig stapfe ich aus dem Bad und begegne Ariana, die mit großen Augen wie erstarrt im Flur steht.

Ihr Blick wandert nach unten und ihr Mund klappt auf. Ich bin nackt bis auf das Handtuch, das kaum meine

Hüften bedeckt. Sie kann deutlich die Umrisse meiner anhaltenden Erektion sehen und atmet scharf ein.

„Weibchen", knurre ich, „geh zur Seite."

Ihre Wangen erröten, als sie sich mit dem Rücken gegen die Wand lehnt. „Es tut mir so leid", haucht sie. „Ich wusste nicht, dass du …"

„Ich kann deine Erregung riechen und ich werde in deiner Gegenwart heiß."

„Du … was?", keucht sie. „Du riechst meine …?"

Ich schließe meine Augen, atme tief und beruhigend ein und konzentriere mich darauf, meine Krallen bei mir zu behalten. Ihr Duft ist mit nichts zu vergleichen, was mir jemals untergekommen ist. „Deine ständige Erregung. Ich kann sie riechen", bestätige ich. „Aber ich werde dich nicht berühren." Daraufhin schreite ich mit schweren Schritten den Flur entlang und knalle die Schlafzimmertür hinter mir zu.

EINE STUNDE später stehe ich gerade in der Küche, vollständig angezogen, als Ariana eintrifft. Während sie in der Reinigungseinheit war, habe ich die Kätzchen eingesammelt und sie mit in die Küche genommen. „Ich habe Snack und Häppchen gefüttert", erzähle ich ihr mit ruhiger Stimme und offenem Geist, wobei ich versuche, die Beruhigungstechniken anzuwenden, die ich in meinem Konfliktlösungskurs erlernt habe, „und ich habe unsere morgendliche Mahlzeit vorbereitet, damit wir unser Fasten gemeinsam brechen können."

Sie nickt und beißt sich auf die Lippe. Sie trägt wieder das grüne Schlauchtop meiner Mutter und diese Hose, die so gut all ihre Kurven betont. Ein sehr ablenkender Anblick.

„Willst du, dass ich gehe und nach Neue Erde zurückkehre?", fragt sie mit einer wohlklingenden Stimme, die bewirkt, dass Wärme sich in meiner Brust ausbreitet. „Wir können zusammen die Agentur kontaktieren und ihnen mitteilen, dass diese Zusammenarbeit nicht funktioniert. Sie können jemand anderen schicken, der besser zu dir passt."

„Nein", platze ich heraus. Wut erfüllt mein Herz bei dem Gedanken, dass sie nicht mehr da sein könnte, und erschüttert mein eben noch ruhiges Gemüt. Ich weigere mich, mit jemand anderem als Ariana zu arbeiten. Zuerst hat mich der Gedanke, dieses Projekt einer Fremden zu überlassen, wütend gemacht, aber schon jetzt betrachte ich sie nicht mehr als Fremde. Ich spüre Kompromissbereitschaft und Fürsorge in Arianas Herz. Diese einsame Frau könnte jemand sein, auf den ich in dieser Situation zählen kann. Ich bin bereit, mich ihr zu öffnen. Sie ist nicht angewidert von meinen Narben oder von dem, was sie bisher in meiner zugegebenermaßen etwas vollgestopften Hütte gesehen hat. Ich bin bereit, ihr mehr zu zeigen. „Heute kommst du mit mir auf eine Tour durch mein Anwesen."

„Aber du hast gesagt … und du bist verlobt … nun, wir sind beide verlobt … also …"

Ich balle meine Pranken zusammen und konzentriere mich auf ihre weichen Gesichtszüge. „Wir werden beide unser unangebrachtes Interesse aneinander ignorieren und dieses Projekt gemeinsam durchführen. Du bist das dritte Wesen auf der Liste und die Frist rückt immer näher. Die Regierung hat mir einen Mondzyklus gegeben, um diese Angelegenheit zu erledigen. Wenn du nicht rechtzeitig unterschreibst, werde ich meine Sammlung verlieren, die Hütte wird abgerissen und das Grundstück verkauft. Ich werde das Land verlieren, das seit 500 Jahren im Besitz meiner Familie ist. Außerdem werde ich auch aus dem Team Geschmolzene Lava rausfliegen."

„Oh wow. Ich hatte keine Ahnung, dass so viel in so kurzer Zeit auf dem Spiel steht. Alles klar, ich bin hier, um zu helfen. Lass es uns tun."

Ich grunze als Antwort und zeige auf den Tisch. „Zuerst essen wir."

Sie grinst, setzt sich auf den Stuhl und nimmt einen Fleischspieß in die Hand.

EINE STUNDE später setze ich das kleine Menschenweibchen auf die Ladefläche meines dreirädrigen Geländemotorrads. Ich habe sie und ihre Kätzchen gefüttert und jetzt werden wir gemeinsam mein Grundstück erkunden. Ich freue mich richtig darauf, ihr all das zu zeigen, was mir gehört.

Sie legt ihre weichen Arme um meine Taille und wir holpern auf zerfurchten Pfaden durch den dichten Dschungel. Snack und Häppchen sind bei uns, sicher und geborgen in einem abgedeckten Korb, der am Lenker befestigt ist. Ich habe den beiden „Tierwohl" gegeben, das meine Spezies unseren eigenen Haustieren oft als beruhigendes Leckerli verabreicht. Die beiden Kätzchen haben es schnell gefressen und scheinen zufrieden zu sein, während sie mit uns reisen.

Die Sonne scheint über uns und der Himmel ist strahlend blau. Ich liebe den Klang von Arianas Lachen und ihre überraschten Blicke und Rufe: „Das ist unglaublich" und „Es ist wunderschön hier draußen!" Der Wind weht ihre langen Haare aus ihrem Gesicht und ihre Augen leuchten und sind voller Leben. Sie ist umwerfend.

Ich genieße es, ihr das Anwesen zu zeigen, das bezeichnend für die Strikestones von Firestarter County ist. „Es gibt viele Nebengebäude rund um die Jagdhütte", erkläre ich ihr über meine Schulter, „aber es sind hauptsächlich

Gästezimmer für die Feuersonnenwende und die Strikes-tone-Treffen. Ich bringe dich zu dem Schuppen, in dem ich den Großteil meiner Waffen aufbewahre."

„Okay", schreit sie heraus. „Ich kann nicht glauben, wie nah der Vulkan ist. Er ist wirklich spektakulär."

Ich grinse und fahre weiter, bis wir endlich an dem Schuppen ankommen. Ich halte an und helfe meiner Begleitung und ihren Kätzchen vorsichtig von meinem Geländefahrzeug. „Mein Ur-Ur-Ur-Großvater hat dieses Gebäude gebaut", versuche ich zu erklären.

„Es ist riesig. Ich kann nicht glauben, dass es noch steht."

Sie hat keine Ahnung.

Die Hälfte davon ist von den Dschungelpflanzen bedeckt. Dies ist nur die Ebene davon, die an der Erdober-fläche sichtbar ist. Die ursprünglichen Strikestones waren Schmuggler und versteckten hier während des dunklen Jahrhunderts der Prohibition ihre Vorräte an schwarz gebranntem Schnaps. Dieser damalige Schmuggel erklärt die anhaltende, unvergessene Feindseligkeit zwischen den Strikestones und unseren Nachbarn, den hochnäsigen Ashmoors.

Es klickt, als ich die Schlüssel in den Schlössern umdrehe und die schweren Türen aufschiebe. Als wir gemeinsam eintreten, schalte ich die LED-Beleuchtung ein, die bis nach ganz hinten den riesigen Raum beleuch-tet. Zum ersten Mal bekommt Ariana einen richtigen Einblick in meine eigentliche Sammlung. Ihr wahrer Job beginnt genau hier.

Ein keuchender Laut entweicht aus ihrer Kehle. Sie fällt auf die Knie, wimmert, ist völlig überfordert.

Ich stelle mich neben sie und hole zum Trost die Kätz-chen hervor. Sie nimmt Häppchen auf den Arm, schnieft und drückt ihn an ihre Wange, während ich Snack auf dem Arm behalte und seine kleinen Ohren streichle. Ich möchte eigentlich nicht, dass sie hier drin herumlaufen. Es gibt zu viele staubige Stellen, an denen sie sich verstecken und in Schwierigkeiten geraten könnten.

„Es ist einfach so viel", wimmert sie. Sie blickt zu mir auf. „Wir werden Hilfe brauchen, sehr viel Hilfe. Ich kann das unmöglich allein schaffen. Du und ich reichen für diesen Job nicht aus."

„Nein."

Sie rappelt sich auf und hebt ihr Kinn, ihre Augen blitzen vor Wut. „Doch", antwortet sie mit festem Ton. „Du musst mich ein Team von Hyrrokinen anheuern lassen. Ich kann das unmöglich allein schaffen. Vorhin, als wir deine Hütte besichtigt haben, war ich entspannt, weil ich das Ausmaß der Sammlung nicht kannte, aber jetzt sehe ich, warum ich hier bin. Das hier ist eine riesige, beängstigende Aufgabe, und ich bin nicht sicher, ob ich diesem Job gewachsen bin."

Ich atme tief ein, um mich zu beruhigen, weil ich weiß, dass ich mich Fremden öffnen muss. Sie hat recht. Mein Mentor aus dem Konfliktlösungskurs hat mir schon erklärt, wie ich mit dieser Eventualität umgehen sollte. Ich muss diesem Menschen vertrauen, sonst wird mir alles genommen.

„Erzähl mir von diesem Objekt", bittet sie mit aufgeregtem Gesichtsausdruck. „Und was ist das da drüben? Warum tickt es?"

„Es ist sehr alt. Es ist alles in Ordnung."

„Es tickt!", schreit sie.

„Beruhige dich, Weibchen. Es ist keine Bombe, es ist eine Uhr."

Dann läuft sie nach draußen.

6

SKOLL

Ich seufze, setzte die Kätzchen in den Korb und folge ihr. Ariana sitzt auf einem umgefallenen Baumstamm, weit, weit weg. Ich gehe den ganzen Weg hinüber, setze mich behutsam an ihre Seite und stelle den Korb mit den beiden wimmernden Kätzchen in meinen Schoß. Der Baumstamm knarrt unter meinem Gewicht.

„Erzähl mir, was passiert ist", krächzt mein Weibchen und deutet gestikulierend zu dem entfernten Schuppen. „Und nenn diesen Ort nicht ‚Schuppen'. Es ist kein einfacher Schuppen, es ist ein verfallenes Lagerhaus. Sag mir, warum die Regierung hier eine Razzia veranstaltet hat. Ich habe gestern Abend versucht, die Akte zu bekommen, aber sie wurde noch nicht freigegeben. Ich muss es wissen, damit ich dir wirklich helfen kann."

Ich atme aus und blicke über die Lichtung hinweg, auf der ich als Jugendlicher Feuerspiele gemacht habe. Auf den fernen Rauch des aschespuckenden Vulkans. Und auf die Kämme der felsigen Feuerquellen, wo ich mit meinem Vater und meinen Onkeln stachelige Feuerfische gejagt habe. Ich muss diesen Ort retten – meine ganze Großfamilie zählt darauf, da ich der Verwalter dieses Anwesens für diese Generation von Strikestones bin –, also beschließe ich, ihr alles zu erzählen. Mehr als ich bisher irgendjemandem erzählt habe. „Eines Tages schleppte ich einen uralten almekischen Flammkopf aus der Zeit der Versengung an, den ich bei einem Nachlass-Verkauf gefunden hatte. Ich wollte den Kopf damals als Kernstück der Feuersonnenwende einsetzen. Nachdem ich ihn endlich nach drinnen geschleppt hatte, begann ich ihn zu reinigen und drückte dabei versehentlich einen versteckten Schalter. Das Ding begann zu ticken und ich wusste, dass es eine Bombe war – eine echte Bombe und keine mechanische Uhr. Ich war nicht in der Lage, sie zu entschärfen, also entledigte ich mich ihrer gemäß meinem zuvor festgelegten Plan."

„Du hattest einen Plan für diesen Fall?"

Ich zucke mit den Schultern und reibe abwesend Snacks kleinen Schwanz zwischen meinen Krallen. „Alles Mögliche kann passieren, wenn man antike Waffen und alte Technik sammelt. Ich wusste, dass die Chancen auf derartige Überraschungen recht hoch waren, weil Almeken ursprünglich darauf programmiert sind, in unregelmäßigen Abständen Flammen auszustoßen. Ich war mir nicht sicher, ob die tausend Jahre alte Mechanik noch funktioniert, doch das tat sie. Tatsächlich wurde sie als Tarnkappenbombe aufgerüstet, was bedeutet, dass sie nur im Wasser entschärft werden kann. Ich befestigte sie also schnell an einer Drohne und flog sie in einen tiefen Teich in der Nähe. Die Drohne ist so programmiert, dass sie die Bomben in einem Gebiet abwirft, in dem es kein fühlendes Leben gibt. Normalerweise würde man eine Bombe hoch über den Wolken abwerfen, damit sie harmlos in der Atmosphäre explodieren kann, aber diese Bombe musste im Wasser explodieren, um die Freisetzung des enthaltenen Giftes einzudämmen. Eine große Wassermenge rund um sie herum war der einzige Schutz. Dummerweise war passierte das alles im Teich meines Nachbarn.

„Oh nein. Hast du das vorher auch mit deinem Nachbarn abgesprochen?"

Ich presse meine Zähne zusammen. „Nein. Sein Teich flog in die Luft und er informierte die Friedenstruppen. Das Militär ist der Sache nachgegangen und stand schließlich auf mein Grundstück."

„Oh, oh."

„Sie sind hier einfach reingestürmt und wollten meine Sammlung alter Waffen beschlagnahmen. Sie hatten keine Ahnung, was sie da eigentlich vor sich hatten und wie sie damit umgehen sollten. Ich muss zugeben, dass ich einen epischen Tobsuchtsanfall bekam. Es war nicht mein bester Tag."

„Was hast du getan? Sie würden dich nicht wegen einer einfachen Meinungsverschiedenheit zu einem Aggressionsbewältigungs- und Konfliktlösungskurs verdonnern …"

„Zuerst habe ich sie nach draußen geführt, fort von meinem Waffenlager. Ich kämpfte Mann gegen Mann, dann zog ich mich zurück und verschanzte mich auf dem Grat dort drüben mit genug Munition für einen ganzen Mondzyklus. Wegen der so entstandenen Pattsituation mussten sie Verstärkung rufen. Schließlich brachten sie Cap und Hannibal her, die mir befahlen, mich zurückzuziehen. Das war das Einzige, was meine Wut durchbrechen konnte. Am Ende hatte ich das Militär Millionen an verbrauchten Waffen gekostet und ich fünf andere Hyrrokinen verletzt. Der einzige Grund, warum ich nur mit einer saftigen Geldstrafe, einem gerichtlich angeordneten Aggressionsbewältigungskurs und dieser Aufräumaktion davongekommen bin, ist, dass niemand gestorben oder ernsthaft verletzt worden ist, und ich ein Mitglied des Teams Geschmolzene Lava bin. Wäre jemand gestorben oder durch meine Wut schwer verletzt worden, säße ich für den Rest meines Lebens im Gefängnis. Was nur fair wäre."

„Ich weiß es zu schätzen, dass du mir die Wahrheit sagst und auch die Verantwortung für dein Handeln übernimmst."

„Du verdienst es, die Wahrheit zu erfahren", sage ich mit rauer Stimme.

„Ich versuche, mir vorzustellen, wie du gegen ein ganzes Team von Friedenswächtern kämpfst. Wie viele waren es? Du sagtest, sie hätten Verstärkung geschickt …"

„Fünfzig."

„Du hast fünfzig schwer bewaffnete Hyrrokinen-Kämpfer abgewehrt?"

„Ja, deshalb haben sie dann Cap angerufen."

„Wer ist Cap?"

„Bergelmir Touchstone, ich nenne ihn Cap, weil er mein Captain war, als wir zusammen beim Militär gedient haben. Er ist jetzt technisch gesehen mein Boss, weil ich für seine Sicherheitsfirma Geschmolzene Lava arbeite. Wir sind aber immer noch ein Team. Wenn Cap mir sagt, ich soll mich beruhigen, beruhige ich mich. Er war der Einzige, der meine Feuerwut durchbrechen konnte. Er verhandelte in meinem Namen mit der Behörde für Waffen und Sprengstoff."

„Klingt, als wäre er ein guter Freund."

„Das ist er."

„Okay, jetzt ergibt das alles mehr Sinn." Sie steht auf und stemmt die Hände in die Hüften. „Was du hier hast, ist eine museumsreife Sammlung antiker Waffen, die eine Vielzahl von Epochen der Evolution deiner Spezies repräsentiert. Du bist eigentlich ein Sammler von antiken und historischen Waffen. Ein großer Teil dessen, was du gesammelt hast, ist nicht mehr funktionell und kulturell bedeutsam. Ich finde, einiges davon sollte in einem Museum ausgestellt werden. Hmm. Vielleicht schenkst du den Großteil der Sammlung einem Militärmuseum, oder du gründest dein eigenes Museum."

Wärme breitet sich in meiner Brust aus. Endlich versteht sie es. „Ja. Das ist genau das, was ich habe … und was ich brauche." In der Tat ist sie das erste Wesen, das mir diese Anerkennung schenkt. Meine Freunde und Familie halten meine Bemühungen für eine riesige Verschwendung von Zeit, Energie und Geld.

„Es klingt für mich auch so, als solltest du dich mit deinem Nachbarn versöhnen. Wie ist sein Name?"

„Lord Ashmoor", murmle ich.

„Sein Name ist …? Warte, sagtest du nicht, du lebst neben einem königlichen Jagdgebiet? Ist dieser Typ ein Hyrrokinen-König?"

„Ja."

„Du hast eine Bombe in den schicken Teich eines Lords geworfen und seine teure Landschaftsarchitektur zerstört?"

„Ja", antworte ich, zufrieden mit mir selbst.

Sie wirft ihre kleinen Hände in die Luft. „Skoll, das ist nicht gut. Du musst dich mit diesem Kerl gut stellen, und dann musst du größere Gebäude bauen, um all diese Gegenstände zu lagern, oder du musst sie alle verkaufen oder verschenken. Ich kann diesen Ort in diesem Zustand nicht absegnen."

Ich stehe auf und erhebe mich über sie. „Niemand sonst wollte sie haben", poltere ich. „Wenn ich sie nicht behalte, wird man sie vernichten. Die Geschichte wird damit zerstört."

Sie bietet mir die Stirn und schürzt die Lippen. „Ich weiß nicht, wie wir das in Ordnung bringen sollen … Ich muss wieder hineingehen und eine Bestandsaufnahme machen. Ist es okay, wenn ich deine Waffen anfasse?"

„Berühre niemals eines dieser Artefakte ohne meine Erlaubnis. Du kannst dich leicht daran verletzen."

Ihre Augen weiten sich. „Das ist der Grund, warum ich hier bin. Warum die Regierung diese Restrukturierung angeordnet hat. Es ist gefährlich hier. Was ist, wenn jemand eindringt und etwas angreift? Ein Lebewesen könnte versehentlich getötet werden."

Ein weiteres Knurren grollt in meiner Brust. Will dieser Mensch andeuten, ich könnte Zivilisten Schaden zufügen? „Diese Sammlung ist für niemanden schädlich. Ich bin nicht leichtsinnig. Ich möchte nicht, dass *du* irgendetwas anfasst, weil …", halte ich inne, um nicht zu viel preiszugeben, „… das alles befindet sich mitten in der Wildnis und unter Verschluss."

„Nein, natürlich bist du nicht unvorsichtig. Aber vielleicht können wir einen besseren Weg finden, um deine Gegenstände nach verschiedenen Aspekten der Sicherheit zu organisieren und sie je nach Bedarf unterschiedlich zu lagern."

„Ich wollte schon immer ein solide gebautes Lager hier draußen einrichten, ähnlich dem, das wir auf dem Gelände von Geschmolzene Lava haben …"

„Das kannst du doch machen, oder?"

„Das könnte ich, aber es wird ziemlich teuer werden." Ich zücke mein Tablet um ihr die Pläne, die ich dafür bereits bestellt habe, und die geschätzten Kosten zu zeigen.

„Gott sei Dank bist du so einsichtig", sagt sie, während ich mir einen Moment Zeit nehme, um die richtige Kalkulation aufzurufen. „Manche Klienten tun so, als wollten sie etwas ändern, aber am Ende fällt es vielen von ihnen schwer, sich von Dingen zu trennen, an denen sie hängen." Dann beugt sie sich vor und sieht den Preis. „Um Himmels willen."

Ich nicke.

„Deshalb ist das alles nicht richtig gelagert? Weil du es dir nicht leisten kannst?"

Beschämt senke ich meinen Blick in Richtung Boden, als es plötzlich laut knallt, wie ein Donnerschlag, und der Boden unter uns zu beben beginnt.

MEIN LAND IST seit einem halben Jahrtausend im Besitz meiner Familie. Das Grundstück grenzt an einer Seite an das Reservat der königlichen Familie und an der anderen Seite an öffentliches Land, sodass meine eintausend Hektar Wildnis immer unberührt bleiben. Was auch immer gerade geschieht, ich wurde nicht vorab darüber informiert und es hat auch keine Anzeichen irgendeiner Art dafür gegeben. Der Boden bebt unter meinen nackten Füßen, wie er es in der ganzen Geschichte der Strikestones noch nie getan hat.

Ariana schreit und reißt den Korb mit den Kätzchen an sich, als wolle sie sie beschützen. Neben ihr klafft ein riesiges Senkloch aus dem Boden. Ein Senkloch? Ihr erschrockener Blick trifft auf meinen. Ich greife nach ihr, aber der Boden bebt erneut, nur dieses Mal bringt er meine Managerin ins Schwanken und sie stolpert über den Rand in das Loch im Boden. Eben war mein Menschenweibchen noch da, aber jetzt sind sie, Snack und Häppchen wortwörtlich vom Erdboden verschluckt worden und verschwunden.

Mit einem donnernden Brüllen stürze ich mich in das Loch, um sie zu retten. Ich halte nicht inne, um über die Konsequenzen dieser Aktion nachzudenken – ich tue es einfach, fliege durch die Luft und lande schließlich auf einem Vorsprung. In Abwehrhaltung kauere ich mich hin, abgestützt auf den Krallen meiner Pranken. Da ist Ariana. Sie liegt ausgestreckt auf einer sandigen Fläche, direkt neben dem Korb mit den beiden wimmernden Kätzchen.

„Ariana!", rufe ich verzweifelt.

Sie richtet sich auf und schüttelt den Kopf. „Mir gehts gut."

Der Boden bebt erneut und eine Art zähflüssige Masse steigt von tief unten auf. Oh, verdammt. Ich renne los, nehme das Weibchen und die Kätzchen auf meine Arme, drehe mich um und springe mit einem Riesensprung aus dem Loch und zurück auf den festen Boden. Mit einem dumpfen Knall lande ich auf dem Feld und stehe mit ihr in meinen Armen auf. Den Göttern sei Dank.

„Ich kann nicht glauben, dass du das getan hast", keucht sie. „Du hast mein Leben gerettet."

Der Boden bebt erneut und ich stolpere, schaffe es aber, sie vor meiner Brust zu halten, während ich vom Rand dieses Kraters zurückweiche. Plötzlich ertönt ein lautes Rauschen und mein Kiefer klappt vor Staunen auf, als Flüssigkeit aus dem Senkloch herausprudelt. Ein Geysir aus flüssigem Gold, höher als die Baumkronen, strömt aus dem Riss im Boden.

„Oh mein Gott", stottert Ariana. Warmes Gold regnet auf uns beide herab. Das seltenste Mineral der vier Sektoren, nur noch übertroffen von Illibrium oder Sub-Illibrium. Es tropft von Kopf bis Fuß an ihrem Körper herunter. Das Weibchen in meinen Armen ist mit Gold überzogen und sie schimmert wie eine Hyro-Göttin. Ihre Kleidung klebt an ihr, als ob sie nackt wäre, und ich kann ihre beiden harten Brustwarzen perfekt umrissen sehen.

Sie hebt ihre Hände, um ihre Finger und Arme zu untersuchen. „Oh mein Gott", wiederholt sie. „Ich bin mit Gold überzogen", sagt sie und sieht zu mir nach oben. „Und du auch!"

Dann bebt der Boden wieder. Ich rutsche aus und falle in die glitschige Flüssigkeit. Ariana und die Kätzchen entgleiten mir, wir rutschen alle in dem flüssigen Gold herum. Ich versuche aufzustehen, falle aber wieder zu Boden. Diesmal lande ich auf Ariana. Ich stütze meine Arme ab und grabe meine Knie in den goldenen Schlamm, um nicht vollständig auf ihr zu landen. Sie spreizt ihre Beine und mit meinen Hüften zwischen ihren Schenkeln, meiner Brust gegen ihre gepresst und unseren Lippen einen Atemzug voneinander entfernt, liegen wir da.

Gleichzeitig realisieren wir, was gerade passiert ist, und erstarren an Ort und Stelle. Mein Schwanz ist bereits hart und drückt durch zwei Lagen Kleidung, direkt gegen ihren Eingang. Ein Stöhnen entweicht ihren geschwollenen Lippen, während ein Knurren in meiner Brust dröhnt. Sie schlingt ihre Arme um meinen Hals. Ich schaue auf ihre Lippen hinunter und beginne zu …

Da springen zwei nass-goldene Kätzchen neben uns und schreien vor Angst. Ich drücke mich grunzend von meinem Weibchen weg und greife nach Snack und Häppchen.

Mein Weibchen? Warum denke ich so etwas?

Ariana setzt sich auf und stützt sich auf ihre Ellbogen. „Du bist reich", sagt sie, mit Ehrfurcht in der Stimme. „Du bist jetzt ein Milliardär."

Ich schätze, das bin ich.

MINUTEN SPÄTER HABE ich uns alle vom Rand des Geysirs weggebracht und halte mein Tablet in den Klauen. Der goldene Regen fällt immer noch, aber er ist von einem Platzregen in einen Nieselregen übergegangen.

„Musst du jemanden anrufen, um das zu regeln?", fragt Ariana, während sie kichernd im Regen herumhüpft.

Ich starre auf ihren perfekten Hintern, den ich mit meinen Klauen umschließen möchte. Ihre Brustwarzen sind immer noch zwei harte Punkte unter einer Schicht von glänzendem Gold. Und fast hätte ich diese goldene Göttin geküsst. Ich schüttle den Kopf und versuche, meine unehrenhaften Gedanken loszuwerden. „Nein, sie werden mich bestimmt bald kontaktieren. Geschmolzene Lava hat seit dem Vorfall jeden meiner Schritte per Satellit überwacht."

Und genau in dem Moment pingt das Tablet. Ich wische über den Bildschirm und hinterlasse dabei einen goldenen Streifen.

„Skoll Strikestone, was ist auf deinem Grundstück los?", knurrt Cap. „Ein Erdbeben wurde in deinem gesamten Bezirk gemessen. Es wurde hunderte von Metern entfernt aufgezeichnet. Das wirst du schnell erklären müssen, bevor die Behörde deinen Standort erfasst und dich in die Luft jagt."

„Schick ihm ein Live-Video", schreit Ariana, „damit sie wissen, was das hier ist."

Ich nicke zustimmend und tippe auf das Kamera-Symbol. „Es ist ein Naturereignis", sage ich zu Cap, als das Video mit meinem Intelgram-Kanal verbunden wird, meinen Standort anzeigt und beginnt, den Mitschnitt des spuckenden Geysirs zu streamen. „Eine Goldquelle. Siehst du?"

„Flüssiges Gold!", ruft Ariana, während sie sich in dem Goldregen dreht. Ich wende den Bildschirm, um mein wunderschönes, goldenes Weibchen zu zeigen, das in diesem außergewöhnlichen Niederschlag tanzt.

„Weibchen, halte sicheren Abstand von dem Geysir", rufe ich mit zuckenden Lippen. Ich kann meinen Blick nicht von ihr abwenden. Ihre Freude ist ansteckend.

„Wer ist das?", gluckst Cap.

„Meine neue vom Gericht bestellte Managerin."

„Dir wurde ein Mensch zugeteilt?"

„Ein Mensch?", ertönt eine kreischende Stimme hinter Cap. „Wo? Lass mich mal sehen?" Caps Bildschirm wackelt, als er weitergereicht wird. Ich höre ein freudiges Quietschen und dann eine hitzige Diskussion.

Die Stimme von Cap kehrt zurück. „Du hast also eine bisher unbekannte Flüssiggoldquelle auf deinem Grundstück entdeckt?", fragt er.

„Ja", antworte ich.

„Wir sind auf dem Weg."

Wir?

„Unterschreib keine Verträge über Edelmetallrechte, bevor ich da bin. Aegir und Avery kümmern sich für dich darum. Verstanden?"

„Ja", antworte ich, abgelenkt von den Possen des Weibchens.

Und dann wird der Bildschirm schwarz.

7

ARIANA

Ich dachte wirklich, er würde mich küssen.

Skoll landete direkt auf mir und unsere Lippen waren sich soooo nah. So. Nah. Ich habe meine Arme um ihn geschlungen, bereit für meinen ersten Kuss. Hat er das überhaupt bemerkt?

Wir steigen wieder auf sein Gefährt, um zurück zur Jagdhütte zu fahren – und die ganze Zeit starre ich den vergoldeten Gott auf dem Fahrersitz an. Er ist genauso mit flüssigem Gold überzogen wie ich. Ich sitze wieder hinter ihm, meinen eigenen vergoldeten Körper an seinen gepresst. Mein roter Teufel ist jetzt ein Sex-Symbol mit goldenen Hörnern. Muskulöse, geäderte Goldarme halten den Lenker. Seine Hose glänzt und klebt an seinem Körper und umreißt perfekt den dicken Schwanz, der auf seinem Oberschenkel ruht. Als er auf mir lag, rieb seine Erektion direkt gegen meine Klitoris. Ich schwöre, allein durch diesen Moment der Berührung hatte ich fast einen Mini-Orgasmus.

Ich kann nicht glauben, dass ich diesen Mann erst seit einem Tag kenne – so viel ist in so kurzer Zeit passiert.

Dabei fühlt es sich an, als wären wir alte Freunde, die sich schon seit Jahren kennen. Mit einem Lächeln auf den Lippen lege ich meine Wange an seinen nackten Rücken. Er ist so warm, hart und weich zur gleichen Zeit. Eine Dreieinigkeit männlicher Perfektion.

Er ist mein Held und er weiß es nicht einmal.

Dieser Hyrrokine hat mir buchstäblich das Leben gerettet. Ich bin in ein Senkloch gestürzt und er ist mir sofort hinterhergesprungen, hat meine Kätzchen und mich in seine starken Arme genommen und uns dann irgendwie – mit einem riesigen Sprung – gerade noch rechtzeitig wieder auf festen Boden gebracht. Sekunden später ist flüssiges Gold aus dem offenen Riss im Boden gesprudelt. Was wäre wohl passiert, wenn er nicht hinuntergesprungen wäre, um mich zu retten? Ich glaube wirklich nicht, dass ich es dort lebend herausgeschafft hätte.

Wir kehren in seine Hütte zurück und Skoll besteht darauf, dass ich als erste das Reinigungsgerät benutze. Er benutzt davor einen Gartenschlauch, um sich abzuspülen, und steigt erst in das Gerät, nachdem ich das Badezimmer verlassen habe. Wir ziehen uns beide frische Kleidung an und werfen unsere goldgetränkten Sachen in die Waschmaschine.

Endlich habe ich die Möglichkeit, einen Blick auf mein Tablet zu werfen. Oh nein. „Skoll", rufe ich aus dem Hinterzimmer.

„Was ist los, Weibchen?"

Atemlos renne ich in die Küche. „Weißt du noch, als ich sagte, du solltest den Geysir live aufnehmen? Als ich in dem Niederschlag herumgetanzt bin, war ich in mit Gold überzogen und das Ganze geht, ähm, viral." Er nickt, winkt mich heran und reicht mir ein nasses Kätzchen. Snack zappelt in meiner Hand, während ich fortfahre: „Ich habe nicht bemerkt, dass meine Kleidung an meinem

Körper geklebt ist und ich im Grunde aussehe, als wäre ich nackt. Ich habe mich einfach so sehr für dich gefreut und wollte der Regierung zeigen, was passiert ist. Manchmal übertreibe ich es eben ein wenig …"

„Du warst wunderbar", sagt Skoll einfach, während wir nebeneinanderstehen und die fauchenden Kätzchen in der Küchenspüle waschen. Wir haben uns an den Gedanken gewöhnt, so viel Gold aus seiner Mine zu haben, dass wir beide dieses seltene Mineral einfach achtlos in den Abfluss rinnen lassen, ohne einen einzigen Versuch zu starten, es aufzufangen. „Es gibt nichts, wofür du dich schämen müsstest", fährt er fort, während er mir Häppchen zum Abtrocknen übergibt. „Wieso sollte ich mich darüber ärgern, dass auf den Videokanälen eine schöne Frau, überzogen mit flüssigem Gold, in meiner Nähe gezeigt wird?"

Hitze schießt in mein Gesicht. Empfindet er mich als schön? „Aber Skoll, es wird über die gesamten vier Sektoren ausgestrahlt."

Ein köstliches Grinsen breitet sich auf seinen schaurigen Zügen aus.

Ich zucke mit den Schultern. „Na ja, solange es dich nicht stört … denn, ich meine, du bist derjenige, der verlobt ist. Mir ist es egal, wenn mein Verlobter ein Video sieht, in dem ich halb nackt für einen anderen Mann tanze, weil unsere ganze Beziehung eine einzige Lüge ist, aber … was ist, wenn deine Verlobte es sieht? Wird sie verstehen, dass du ehrenhaft bist und dein Gelübde ernst nimmst und dass wir nur Arbeitskollegen sind? Hattest du schon die Möglichkeit, ihr die guten Nachrichten über das flüssige Gold zu überbringen?"

Er hält inne und starrt mich fassungslos an, als ob er über all das noch nicht einmal nachgedacht hätte. Ich schüttle den Kopf. Dieser Typ. „Bist du wirklich verlobt?", frage ich mutig. Schließlich ist er der Mann, der mir das

Leben gerettet hat. Der mich fast geküsst hat und inmitten all des Adrenalins schamlos seine Erektion gegen meine Klitoris gepresst hat. Wie kann er mit jemand anderem verlobt sein? Wenn diese Verlobung echt ist, ist so etwas ihm gegenüber nicht fair – oder ihr gegenüber. „Ich muss dir sagen, manchmal macht es nicht gerade den Eindruck. Es ist tatsächlich leicht für mich zu vergessen, dass du verlobt bist. Sie ist nie hier. Du erwähnst sie nie …"

Denn wenn ich mit Skoll verlobt wäre, würde ich an seine Seite kleben mit meiner Hand permanent an seinem Arsch, um allen anderen Weibchen zu zeigen, dass er *mir* gehört. Verschwindet, ihr Schlampen. Er hätte keinen Moment Zeit, auch nur einen Gedanken an eine andere zu verschwenden, so oft würden meine Lippen an seinen haften …

„Meine Zukünftige ist auf der anderen Seite des Plane-ten, in Perth, im Urlaub mit ihrer besten Freundin", sagt er. „Ich habe gestern Abend und auch heute Morgen versucht, ihr eine Nachricht zu schicken, aber ich konnte sie nicht erreichen. Im ganzen letzten Mondzyklus wollte ich ihr einige Male getextet, aber immer ohne eine Antwort zu erhalten."

Ich ziehe eine Augenbraue hoch. Er hat einen ganzen Monat lang nicht mit seiner Verlobten gesprochen? Ohne triftigen Grund, außer, dass sie „im Urlaub" ist? Ich habe das Gefühl, dass diese Verlobung nicht so ernst ist, wie Skoll zu denken scheint. Diese Sache klingt so unecht wie meine eigene Verlobung. Armer Kerl. Ich weiß genau, wie sich das anfühlt.

Dann klopft es plötzlich an der Tür.

Ich drehe meinen Kopf. „Wer ist das?"

Er zuckt mit den Schultern. „Alle."

„Alle?"

„Bergbaufirmen streiten sich darum, wer diese Mine

für mich bearbeiten darf. Ein technisches Notfallteam will den Geysir stoppen. Die Regierung will eine Umweltverträglichkeitsstudie durchführen. Und ein Teil des Teams Geschmolzene Lava ist auch auf dem Weg."

Er trocknet seine Klauen und stapft hinüber, um die Tür zu öffnen, und tatsächlich, eine Menge sehr großer und sehr lauter Hyrrokinen strömt in den vorderen Raum der Hütte. Ich bleibe zurück, ein wenig nervös beim Anblick so vieler dieser Teufel. An Skoll bin ich gewöhnt, aber eine ganze Schar von ihnen ist eine andere Geschichte.

Skoll tritt nach draußen, um sich mit den Minentechnikern zu beraten.

Plötzlich sehe ich jemanden, den ich wiedererkenne, durch die Eingangstür gehen. Ich kann es nicht glauben. Wie ist das überhaupt möglich? „Oh mein Gott, ist das Chloe Chang?", platze ich heraus.

Die junge Frau dreht sich um und sieht mich direkt an. Ein herzliches Lächeln breitet sich auf ihrem schönen Gesicht aus und Grübchen bilden sich in ihren Wangen. Chloe kennt mich überhaupt nicht, aber ich habe das Gefühl, sie zu kennen, weil ich ihren Videokanal auf Intelgram verfolge. Ich habe sogar schon ein paar ihrer Restaurationsstücke gekauft. Sie ist beeindruckend.

„Ja, ich bin es, auch wenn ich jetzt auf Tarvos verheiratet und als Chloe Touchstone bekannt bin."

Ich stürme auf sie zu und gebe ihr die Hand. „Ich bin so froh, dass du hier bist. Mein Name ist Ariana Gonzalez, die Fünfte. Skoll Strikestone ist mein neuer Klient. Ich bin seine vom Gericht bestellte Waffen-Managerin, sozusagen."

Ihre Augen weiten sich. „Oh wow. Die Fünfte? Du bist die letzte weibliche Gonzalez? Es ist so schön, dich kennenzulernen. Ich habe deine Großmutter einmal kennengelernt, nur ganz kurz, als ich noch ein kleines Mädchen war. Damals war sie in der Stadt, wegen der allerersten Frauenkonferenz, und meine Mutter hat Fotos von mir dabei gemacht, wie ich ihr die Hand schüttle, als sie durch die Menge der Schaulustigen geht. Ich war so traurig zu hören, dass sie gestorben ist."

„Danke, ich bin auch traurig darüber", gebe ich zu. „Ich hatte nicht die Möglichkeit, sie besser kennenzulernen, sie ist gestorben, als ich noch klein war. Und meine Mutter ist bei meiner Geburt gestorben, also habe ich die anderen Gonzalez-Frauen, nach denen ich benannt bin, gar nie gekannt."

„Oh, es tut mir so leid. Ich …"

Plötzlich tritt ein riesiger, stirnrunzelnder Hyrrokine neben sie. Seine Hörner sind größer als alle anderen, die ich hier bisher gesehen habe, und sein Schweif, der auffallend glänzt, ist mit einem lebensbedrohlich aussehenden Stachel am Ende versehen.

Chloe sieht ihn an, legt einen Arm um seine Taille und sagt: „Ariana, darf ich dir meinen Mann vorstellen, Bergelmir Touchstone?"

Dieser Hyrrokine ist fast noch gruseliger als Skoll, obwohl er keine Narbe im Gesicht hat. Ich schlucke schwer. „Ja, gerne", japse ich. „Es ist schön, Sie kennenzulernen, Mr. Touchstone", sage ich und versuche, meine Angst zu überwinden.

„Schon gut", kichert Chloe. „Ich verstehe das vollkommen. Ich hatte anfangs auch Angst vor den Hyrrokine."

Ein Lächeln mildert die rauen Züge von Bergelmir Touchstone. „Bitte, nenn mich Berg. Und ja, ich verstehe, dass die Menschen uns anfangs unheimlich finden. Ich finde das amüsant."

Chloe stößt ihn mit dem Ellbogen. „Du bist gemein."

Als dann ein weiterer Mensch durch die Eingangstür

tritt, schreie ich vor Glück auf. Wir sind uns völlig fremd – aber allein der Anblick einer weiteren jungen Frau inmitten von so vielen Schweifen und Hörnern versetzt mich in Ekstase. „Hallo", ruft sie eifrig, „mein Name ist Avery Hellstone. Ich bin hier mit …"

„Avery", unterbricht Chloe, „das ist Ariana Gonzalez, die Fünfte. Kannst du dir das vorstellen? Ariana ist Skolls gerichtlich beauftragte Managerin."

„Oh mein Gott, im Ernst? Die Fünfte? Ich … ich war ein großer Fan deiner Mutter, deiner Großmutter … nun, von ihnen allen. Ich freue mich so sehr, dich kennenzulernen."

Ich lächle, erfreut, das zu hören. Es wird nie langweilig zu hören, wie sehr andere Frauen meine Familie geliebt und bewundert haben. Es macht mich nur immer traurig, dass ich sie nie gekannt habe und nicht das Glück hatte, mit meiner Mutter und Großmutter an meiner Seite aufzuwachsen. Aber ich habe trotzdem vor, sie stolz zu machen.

„Ist Skoll nicht ein Glückspilz? Er hat *die* Ariana Gonzalez dieser Generation an seiner Seite."

Uff … das passiert mir immer wieder. Die Leute denken aufgrund meines Namens, dass ich inmitten von ganz gewöhnlichen Umständen etwas Spektakuläres zustande bringe. Als ob ich irgendetwas aus einem Hut zaubern könnte. „Leute, ich weiß nicht so recht … ich stehe erst am Anfang meiner Karriere und bin hier, um meinen Job zu machen und –"

„Mädchen, ich bin sicher, du bist das beste Geschenk, das dieser Mann bekommen konnte."

„Wirklich?"

Ich beiße mir auf die Lippe und beschließe, ihnen dieses bisschen Gonzalez-Groupie-Fantasie zu lassen. Wer bin ich, dass ich ihre Seifenblase platzen lasse? „Du bist auch mit einem Hyrrokinen verheiratet?", frage ich und versuche, das Thema zu wechseln.

„Ja", antwortet Avery, „im Grunde wurde ich als Hannibal Hellstones Assistentin eingestellt, dann habe ich ihn geheiratet und jetzt bleibe ich hier." Sie legt eine Hand auf ihren runden Bauch. „Außerdem bin ich im fünften Monat schwanger."

„Glückwunsch, das sind doch wunderbare Neuigkeiten." Ich kann nicht glauben, dass diese Frauen mit Hyrrokinen verheiratet und so offensichtlich glücklich sind.

„Hannibal, mein hyrrokinischer Ehemann, ist zu Hause, um auf unseren älteren Sohn aufzupassen und ihn zu einem Flammenwurf-Wettbewerb mitzunehmen. Ich bin hier, um mich umzusehen und Bericht zu erstatten, aber auch, um Skoll zu beraten. Aegir ist auch hier …" Ein weiteres imposantes Hyrrokinen-Männchen kommt zu uns und gesellt sich zu unserer kleinen Gruppe. „Ariana, das ist Aegir Touchstone – er und Bergelmir sind Brüder. Aegir das ist Ariana Gonzalez, sie ist Skolls gerichtlich beauftragte Managerin. Sie ist hier, um ihn zu überreden, diesen Ort unschädlich zu machen."

Er prustet. „Du hast den schwierigsten Job von uns allen."

Ich lächle, glücklich darüber, dass sie die enorme Bedeutung des Projekts verstehen. Außerdem sind diese Wesen alle Skolls Freunde, was schön ist. Es ist offensichtlich, dass sie sich alle sehr um ihn sorgen, wenn man bedenkt, dass sie die lange Fahrt hierher in Rekordzeit bewältigt haben, sobald sie erfahren haben, dass er Hilfe braucht.

Skoll kommt zurück und gesellt sich auch zu uns. Als ich mich umsehe, stelle ich fest, dass wir uns mittlerweile allein im Vorraum befinden, nur wir sechs. „Wo sind denn alle anderen hin?", frage ich.

„Die Crew ist gegangen, um den Geysir zu verschließen."

„Ich habe meine Frau mitgebracht, weil ich dachte, dass sie in dieser Situation hilfreich sein würde", erzählt Berg Skoll.

„Es stimmt, wenn jemand deine Liebe zu antiken Waffen versteht, dann sind es diese beiden", sagt Avery.

„Ich interessiere mich nicht für Waffen", lacht Chloe, „aber ich liebe es, alte Dinge zu restaurieren."

„Ich liebe es, Sammlungen zu organisieren", sage ich zu Chloe.

„Ich glaube, unsere Frauen werden direkt zu besten Freundinnen", bemerkt Berg.

„Ariana Gonzalez ist nicht meine Frau", antwortet Skoll scharf.

Einen Moment lang sind wir alle still. Ich schaue weg und versuche, die brennende Scham zu verbergen, die bei dieser öffentlichen Denunziation über meine Wangen läuft.

Berg stößt einen Seufzer aus. „Du bist immer noch an Lilith Hearthstone gebunden?", fragt er. „Ist sie immer noch deine Auserwählte?"

„Ja. Ich habe es nicht geschafft, sie zu erreichen. Sie antwortet nicht auf meine Pings."

Berg runzelt die Stirn. „Ich vermute, du wirst bald von ihr hören."

„Jeder weiß, was passiert ist, es läuft die Videokanäle rauf und runter", bestätigt Avery. „Die Leute beginnen schon, Arianas Gold-Regen-Tanz zu vertonen und in ihren eigenen Videokanälen zu teilen."

Meine Wangen werden noch heißer, als ich mich daran erinnere, dass sie alle gesehen haben, wie ich mit am Körper klebender Kleidung herumgetanzt bin. Es hat einfach so viel Spaß gemacht, dass ich es mir nicht verkneifen konnte.

„Keine Sorge", sagt Chloe und spürt mein Unbehagen, „du siehst hinreißend dabei aus. Es wird so oft geteilt, weil alle es lieben. Und die Tatsache, dass Skoll eine seltene Flüssiggoldquelle auf seinem Grundstück gefunden hat und ein Geysir entstanden ist, der euch beide mit flüssigem Gold übergossen hat, ihr im Goldregen getanzt habt und nebenbei noch jeder seine tiefe Stimme hören kann – das ist grandios."

„Lass uns gehen, ich will mir das mal in der Realität ansehen", sagt Avery. „Ich will diesen mythischen Geysir aus flüssigem Gold mit meinen eigenen Augen sehen – bevor sie ihn verschließen."

Zu sechst steigen wir in Skolls Geländewagen, um hinüberzufahren. Drei Menschenweibchen und drei Hyrrokinen-Männchen. Skoll besteht darauf, unsere frisch gewaschenen Kätzchen mitzunehmen. So ist er immer, er will sie nie zurücklassen.

Als sie die beiden Babykätzchen sehen, kreischen Avery und Chloe vor Freude und flippen beinahe aus, weil ich auf meinem Weg von unserem Heimatplaneten zwei Kätzchen gerettet habe.

„Warum hast du sie so getauft?", lacht Chloe. „Die Namen klingen, als würdest du sie gleich essen wollen."

Ich zucke mit den Schultern und zeige auf den Teufel, der sie vorsichtig in einen Korb legt. „Ich habe sie nicht getauft, das war Skoll."

„Der hier heißt Snack, weil er ein winziges Etwas ist", erklärt Skoll geduldig, „und dieser hier heißt Häppchen, weil er lecker aussieht."

Chloe und Avery starren verwundert auf Skolls Bewegungen.

„Machst du Fotos von diesem Männchen, wie es sich

zärtlich um die Kätzchen kümmert?", flüstert Avery mir ins Ohr. „Bitte sag mir, dass du das dokumentierst und bereit bist, es auf Intelgram zu posten."

„Habe ich bisher nicht, werde ich aber ab sofort tun."

„Danke – alle Frauen in den gesamten vier Sektoren sind dir zu Dank verpflichtet."

Ich pruste ein Lachen heraus.

Als ich versuche, mit Chloe auf den Rücksitz zu klettern, packt mich eine riesige Klaue am Handgelenk und versucht, mich nach vorne zu steuern. „Du bleibst bei mir", knurrt Skoll.

Ich blinzle überrascht. Warum zum Teufel sollte er mich vorne bei sich haben wollen? Vor allem, nachdem er gerade lautstark alle daran erinnert hat, dass ich nicht sein Weibchen bin und er mit einer anderen verlobt ist? Warum macht er das mit mir, einmal so, einmal so?

Avery begegnet meinem besorgten Blick und sagt dann zu Skoll: „Kann ich auch nach vorne kommen?" Sie legt eine Hand auf ihren runden Bauch. „Ich würde gerne neben Ariana sitzen."

Skoll nickt nur knapp und ich schenke ihr ein dankbares Lächeln. Wenig später sitze ich auf dem Vordersitz zwischen Avery und dem Korb mit den Kätzchen. Skoll nimmt neben mir Platz, dann stellt er den Korb zwischen uns beide. Er ist die ganze holprige Fahrt über still, während sich die anderen Passagiere unterhalten. Gelegentlich starre ich ihn von der Seite an und bemerke, wie fest er das Lenkrad umklammert. Was ist nur los mit ihm?

Endlich erreichen wir den Geysir. Ein ganzes Team von Bergbautechnikern hat bereits eine Absperrung aufgebaut. Der Geysir sprudelt immer noch in seiner ganzen Pracht. Skoll geht neben mir her, während wir das Gebiet begutachten, und berührt mit seiner Klaue leicht meinen unteren Rücken. Er starrt die Crew an und benimmt sich wie ein Griesgram. Es ist mir zwar peinlich, aber ich muss zugeben, dass ich die Tatsache liebe, dass er mir so nah ist. Aber er ist verlobt. Verlobt. Warum macht er das nur mit mir?

Dann überlassen wir die Mannschaft ihrer Arbeit und gehen weiter zum Lager.

„Ist das ein Katapult?", fragt Aegir sofort.

„Ja, es ist von den Feuerkreuzzügen."

Sofort drängen sich die drei Männchen um die zweistöckige Kriegsmaschine. Ich bin froh, dass Skoll die Gelegenheit hat, seinen Freunden diese Sammlung zu zeigen. Warum hat er das nicht schon früher getan?

Währenddessen stehen Chloe und Avery immer noch am Eingang und sind genauso entsetzt wie ich über die ganze Arbeit, die vor uns liegt.

„Skoll hat versucht, Artefakte zu retten, die sonst niemand haben wollte", versuche ich ihnen zu erklären, während ich ihnen jeweils ein Kätzchen zum Kuscheln reiche. Ich verstehe, wie schwer es ist, wenn man die riesige Sammlung zum ersten Mal sieht. „Aber das alles ist ihm entglitten und jetzt modert hier alles nur noch vor sich hin und er weiß nicht einmal wirklich, was er überhaupt alles besitzt. Die gute Nachricht ist, dass er jetzt die Mittel hat, diese enorme antike Waffensammlung zu sortieren und richtig zu lagern."

Avery stößt einen Atemzug aus. „Aegir und ich werden dafür sorgen, dass er das beste Angebot von der Bergbaugesellschaft bekommt. Außerdem werden wir die beste Umweltpflegeagentur aller vier Sektoren kontaktieren, damit die Mine nicht euer Eigentum oder die umliegende Natur zerstört. Ich werde auch die Gravian-Vermögensverwaltung an Skoll vermitteln, damit euer Geld gut verwaltet wird."

„Danke schön."

„Und ich werde dich mit der hyrrokinischen Gesellschaft für Geschichte zusammenbringen", fügt Chloe
hinzu, „und mit jedem anderen, den ich kenne, der dabei
helfen kann, das Team von Leuten anzuheuern, das ihr
brauchen werdet, um eure Sammlung rasch zu sichten und
umzulagern."

„Es ist nicht *mein* Eigentum oder meine Sammlung",
erinnere ich sie leise, „das alles gehört Skoll und seiner
zukünftigen Ehefrau. Es gehört ihnen. Ich bin nur die
gerichtlich beauftragte Managerin, die versucht, diesen
Ort auf Vordermann zu bringen, damit ich ihn den
Auftrag absegnen und meinen nächsten Job annehmen
kann."

„Oh ja, richtig, er hat ja eine Verlobte. Ups, tut mir
leid, das vergesse ich immer wieder. Er ist einfach so in
dich verknallt, dass es verwirrend ist."

„Das ist es tatsächlich", gebe ich zu. „Und das
Schlimmste daran ist, dass ich auch noch selbst verlobt
bin."

„Nein", keuchen sie.

„Keine Sorge, meine Verlobung ist eine einzige Lüge.
Es ist eine arrangierte Ehe, die mein Vater für mich
geplant hat. Ich wollte das alles gar nicht. Mein Verlobter
und ich sind im Grunde Fremde und ich habe ein Team
von Anwälten, die daran arbeiten, mich aus dem Vertrag
herauszuboxen. Aber es ist seltsam, dass wir beide rechtlich
gesehen mit jemand anderem verlobt sind. Als Skoll mir
sagte, dass er verlobt sei, dachte ich, er sei in sie verliebt
und sie sei die Einzige für ihn, aber mittlerweile bin ich mir
da nicht mehr so sicher. Habt ihr sie jemals
kennengelernt?"

Sie schütteln beide den Kopf. „Nein. Noch nie. Ich
vergesse die meiste Zeit, dass er überhaupt verlobt *ist*."

Hm.

„Aber", sagt Chloe, „ich weiß, dass Berg sie insgeheim hasst, weil er denkt, dass Lilith ihn nur benutzt – und zustimmt Skolls Frau zu werden – damit sie sich damit brüsten kann, mit einem Mitglied vom Team Geschmolzene Lava zusammen zu sein, was ihren mächtigen Vater glücklich macht."

„Aber jetzt hat er dich, also …"

„Ich mag ihn, wahrscheinlich zu sehr. Aber er ist verlobt."

Avery spitzt ihre Lippen. „Weißt du, Skoll und ein anderes Teammitglied, Fenrir, haben mir in der letzten Regenzeit das Leben gerettet. Später stellte sich heraus, dass Hannibal keine Zeit mehr gehabt hätte, mich zu warnen, wenn die beiden nicht die Söldner aufgehalten hätten, die mich töten wollten. Die Söldner haben zwar trotzdem unser Haus bombardiert, aber nicht in dem Ausmaß, wie sie es ursprünglich geplant hatten. Der Angriff fiel nur halb so schlimm aus und ich konnte unseren Sohn noch rechtzeitig in den zweiten Schutzraum bringen und so auch sein Leben retten. Ich stehe in Skolls Schuld, seit er sein Leben für uns riskiert hat. Deshalb werde ich nicht untätig danebenstehen und zulassen, dass irgendein fieses Weibchen ihn ausnutzt."

Als ich ein Geräusch höre, drehen wir uns alle um und sehen, wie die drei schwarz gehörnten Hyrrokinen-Männchen auf das Katapult klettern, sich abwechselnd oben hinsetzen und glucksend über die Apparatur fachsimpeln. Skoll winkt mir aus der Ferne zu.

Mein Herz schmilzt, schon wieder. „Er hat auch mein Leben gerettet", sage ich. „Und du hast recht, auch ich würde nie zulassen, dass ihn jemand ausnutzt."

Niemals.

8

SKOLL

Endlich verlassen sie alle mein Anwesen.

Die Gesellschaft meiner Freunde und ihrer Frauen ist nett, und ich schätze ihre Hilfe, aber ich bin froh, wenn sie wieder weg sind. Ich möchte Ariana für mich haben. Sie plaudert ununterbrochen mit den beiden anderen Menschenweibchen. Die Bergbauarbeiter starren viel zu aufmerksam auf ihre üppigen Kurven und ich will auch nicht, dass Aegir und Cap ihr zu nahekommen.

Der Drang, meinen Kopf in den Nacken zu legen und den Mond anzubrüllen, ist stark. Ich möchte sie in den Dschungel zerren und sie wild ficken – wie ein junger Hyrrokine aus alten Tagen. Ich möchte sie alle mit einer Stichflamme aufscheuchen und von meinem Grundstück jagen.

Aber ich brauche sie, also unterdrücke ich meine Wut, wie ich es in meinem Aggressionsbewältigungskurs gelernt habe, und schaffe es, wie ein vernünftiger Hyrrokine zu wirken, solange die anderen noch hier sind.

Ich genieße es, den Touchstone-Brüdern meine Lagerhalle zu zeigen. Immerhin habe ich sie noch nie jemandem

gezeigt, außer den Strikestones, die zweimal pro Planetenrotation zu den Familientreffen kommen und immer
abweisend und desinteressiert reagieren. Außerdem besitze
ich den Großteil meiner Sammlung erst seit ein paar
Monaten, als ich den Nachlass eines verstorbenen Dukes
aufgekauft habe. Im Wesentlichen habe ich seine gesamte
Rüstkammer und Waffensammlung gerettet, die bis in die
Lavazeit zurückreicht, und sie hier eingelagert.

„Warum bist du heute so mürrisch?", fragt mein
Weibchen.

Wir sind fertig mit dem Abendessen. Ich genieße es, für
sie zu kochen. Sie hat bereits zugegeben, dass sie weder
kochen noch „einen Essensautomaten einschalten kann",
also bin ich das Männchen, das uns ernährt. Das stört
mich nicht. Ich mag es, Nahrung für sie zuzubereiten und
zu servieren und ihr dabei zuzusehen, wie sie isst und die
von mir gekochte Mahlzeit genießt. Gerade eben haben
wir beide den Flammkuchen aufgegessen und Ariana leckt
sich die Finger ab. Normalerweise koche ich entweder für
das Team oder nur für mich selbst. Es ist zwar erst etwas
mehr als ein Tag vergangen, aber ich mag diesen Rhythmus, unser Frühstück, Mittag- und Abendessen – sowie das
Essen, das Snack und Häppchen zu sich nehmen – zu
planen und zuzubereiten.

„Mürrisch? Bin ich nicht." Ich reiche Häppchen ein
weiteres winziges Fleischstückchen und beobachte, wie er
sein Essen mit grimmiger Entschlossenheit verschlingt.

Mir ist klar, dass ich die Tatsache zu wissen, dass sie
mir gehört, nicht mit der Tatsache in Einklang bringen
kann, dass ich rechtlich an eine andere gebunden bin.
Diese beiden gegensätzlichen Gedanken geistern durch
meinen Kopf. Heute Morgen dachte ich, ich könnte mit
dieser Frau zusammenarbeiten, professionell distanziert
bleiben und sie gehen lassen, wenn sie mit diesem Projekt

fertig ist. Ich würde zu meinem Alltag zurückkehren und mit Lilith zum Gericht fahren, und Ariana Gonzalez würde wieder verschwinden, für immer.

Mittlerweile weiß ich, dass das Schwachsinn ist.

Mein Verlangen nach ihr steigt −, ebenso wie ihre eigene Erregung, die inzwischen die Luft zwischen uns ständig füllt −, immer weiter an. Ich muss meine rechtliche Bindung zu Lilith Hearthstone lösen, damit ich dieses Menschenweibchen für mich beanspruchen kann. Aber wie? Ich kann Lilith nicht erreichen, um eine Auflösung unserer Verlobung mit ihr zu vereinbaren, was bedeutet, dass ich niemanden wissen lassen kann, dass Ariana zu mir gehört. Sie bleibt die Frau meines Herzens, aber nicht die Partnerin, die ich der Welt vorstellen kann. Also ja, ich befinde mich in einem anhaltenden Zustand köchelnder Wut.

„Sieh dir den Rauch an, der aus deiner Nase steigt. Du verhältst dich schon fast den ganzen Tag seltsam. Wie kannst du wütend sein, wo du doch bald ein Milliardär sein wirst?"

„Die Männchen haben dich angestarrt", gebe ich zu.

„Welche Männchen?"

„Die Bergbauarbeiter …"

Sie rollt mit den Augen. „Nein, das haben sie nicht. Ich weiß nicht einmal, wovon du sprichst. Warum sollten mich Hyrrokinen-Männchen anstarren? Das ist doch unsinnig. Wir sind nicht einmal von derselben Spezies."

Meine Krallen kratzen über den Tisch. „Sie wollen dich entweder als ihre Partnerin oder einfach zum Vergnügen."

Sie gibt ein nervöses Glucksen von sich. „Nein, tun sie nicht."

„Das tun sie. Du bist sehr sexy."

„Sexy? Du denkst, ich bin sexy?"

Ich starre sie an und erlaube ihr, in meinem Blick – nur für einen Moment – die Bestie zu sehen, die epische Lust, die ich für sie, und nur sie, empfinde.

Ihr Mund klappt auf. „Oh wow."

Ich esse den letzten Rest meines Flammkuchens auf und stelle den Teller für den Reinigungsroboter beiseite. „Meine Gefühle für dich werden uns beide in Ungnade bringen", gebe ich zu.

Sie stößt einen kleinen Schrei der Bestürzung aus. „Bist du deshalb so mürrisch? Weil du mich willst, aber nicht haben kannst? Skoll, ich wollte dich auch, seit ich dich kennengelernt habe, und ich kann dich auch nicht haben, aber ich habe es trotzdem geschafft, freundlich zu bleiben."

„Ich bin hier derjenige, der einen Konfliktlösungskurs besucht."

Ein Lächeln umspielt ihre Mundwinkel. „Gutes Argument. Also, vielleicht ist es für dich schwieriger als für mich? Aber …", haucht sie, während sie die Beine übereinanderschlägt. „Das heißt nicht, dass ich dich deshalb weniger will."

Sie hat ja keine Ahnung. Ich drehe mich in meinem Stuhl zu ihr und spreize meine Schenkel. „Sieh, was du mit mir machst."

Sie blickt auf das herausragende Dreieck aus Stoff in meinem Schritt und beißt sich auf ihre geschürzte Lippe.

„Sieh mich nicht so an."

„Ich kann nichts dafür", flüstert sie. „Ich glaube, deine Verlobung ist genauso unecht wie meine, deshalb wünschte ich, ich könnte diese Hose jetzt aufknöpfen."

Ich stehe so schnell auf, dass ich dabei den Tisch umstoße. „Ich gehe ins Bett." Damit stapfe ich hinaus, bevor ich uns noch beiden Schande bereite. „Und kümmere dich um die Kätzchen", rufe ich. „Und schließ deine Tür ab." Dann knalle ich die Schlafzimmertür hinter mir zu und sperre sie zu.

AM NÄCHSTEN MORGEN mache ich wieder Frühstück für mein Weibchen.

Ich werde es unterlassen, sie zu berühren.

Das werde ich.

„Heute werden wir uns mit deinem Nachbarn treffen und ihr werdet Frieden schließen", verkündet sie.

„Nein." Trägt sie heute Morgen ein engeres Top? Ich könnte schwören, dass sie von Tag zu Tag schöner aussieht. Mein Schwanz schwillt bereits in meiner Hose an.

„Ich habe gestern Abend endlich deine Akte lesen können", sagt sie mit musikalischer Stimme. „Wir brauchen die Unterschrift deines Nachbarn, Lord Ashmoor, für das Projekt, hier alles sicherer zu machen, damit du die Behörden loswirst. Ich muss unterschreiben und dein Nachbar auch."

Ich schlage mit der Faust auf den Tisch. Der Löffel in Arianas Tasse klappert. „Ich werde nicht mit einem Ashmoor verhandeln", brumme ich.

„Das wirst du."

Ich stehe auf und Feuer brodelt in meinem Bauch, als ich mich nach vorne lehne und mit meinen Krallen über den Tisch schabe. „Strikestones schließen keinen Frieden mit Ashmoors", fauche ich.

Sie steht ebenfalls auf und tritt ganz nahe an mich heran. „Hör auf so übertrieben zu reagieren", schreit sie zurück und Zorn blitzt in ihren Augen auf. „*Willst* du dieses Anwesen unbedingt verlieren? Hast du gehört, was ich gesagt habe? Lord Ashmoor muss alles absegnen. Du musst rübergehen und mit ihm eine Einigung aushandeln und Friede mit ihm schließen, sonst verlierst du das alles hier. Willst du, dass die Regierung die Rechte an deiner flüssigen Goldmine erhält? Denn das wird sie, so viel ist sicher."

Mit einem Krachen setze ich mich wieder hin. Heilige Götter, sie ist großartig. „Frieden?", platze ich heraus. „Mit einem Ashmoor?"

„Mit einem Ashmoor."

Ein Knurren grollt in meiner Brust.

Sie setzt sich hin, nimmt meine Klaue in ihre kleine Hand und fixiert mich mit einem zärtlichen Blick. „Keine Sorge, Skoll, wir werden dein Eigentum retten … gemeinsam. Ich werde bei dir sein. Du schaffst das."

Ich lasse Ariana und unsere Kätzchen auf dem Vordersitz meines Fahrzeugs Platz nehmen – wo sie hingehören. Gestern hat sie versucht, sich hinten hineinzusetzen. Ich habe allerdings darauf bestanden, dass sie vorne bei mir sitzt.

Ich starte den Motor.

„Erzähl mir mehr über das Katapult, auf das ihr gestern geklettert seid", bittet mich mein Weibchen mit echter Neugierde.

„Ich kann stundenlang über antike Waffen sprechen", warne ich sie.

„Das ist okay", lacht sie, „ich will wirklich mehr darüber lernen. Ich finde das Thema auch sehr interessant."

Ich fahre von meinem Grundstück auf die Hauptstraße und biege schließlich in das Anwesen der Ashmoors ein, während ich ihr die Feinheiten der Kriegsführung des Feuerzeitalters erläutere. Ariana hängt an jedem meiner Worte.

Währenddessen fahren wir an einer lächerlichen

Anzahl von fein säuberlich in Form geschnittenen Bäumen und Gartenanlagen vorbei. In der Ferne ruht das Herrenhaus von Ashmoor auf einem Hügel und sieht so feudal aus wie immer. „Oh wow", haucht Ariana. „Das ist ein wunderschönes Haus. Und die Landschaft ist so gepflegt. Ich kann gar nicht fassen, wie grün und üppig euer Planet ist."

„Warten, bis du die Regenzeit erlebst", brummle ich.

„Schon wieder tust du so, als wärst du mürrisch."

Ich stoße ein Schnauben aus. „Ich kann dieses reiche, hochnäsige Arschloch nicht ausstehen. Lord Ashmoor ist mein größter Erzfeind." Und das heißt eine Menge, wenn man bedenkt, dass ich ein Soldat bin, der das letzte Jahrzehnt als Mitglied eines militärischen Eliteteams verbracht hat.

„Du weißt, dass meine Familie reich ist, oder? Ich bin reich aufgewachsen und habe in einer Villa gewohnt, die fast so groß war wie die, zu der wir jetzt fahren."

Ich beiße die Zähne zusammen.

„Und jetzt, wo du Gold auf deinem Grundstück entdeckt hast, bist auch du reich", sagt sie und setzt zum Todesstoß an. „Aber du tust so, als wäre dir das völlig egal."

Ganz ehrlich? Ist es auch. „Es gibt einen Unterschied zwischen hochnäsig und reich", antworte ich.

Sie lächelt. „Das heißt, du hältst mich nicht für hochnäsig?"

„Nein, natürlich nicht."

„Danke, ich versuche auch, nicht so rüberzukommen … oh, wir sind da."

Ich fahre die kopfsteingepflasterte geschwungene Einfahrt entlang, halte den Wagen an und wir steigen beide aus dem Fahrzeug. Während ich den Korb mit den Kätzchen nehme, hält Ariana etwas, das sie einen

„Geschenkkorb" nennt. Mit dem verschnörkelten Türklopfer klopfe ich dreimal an die schwere Haustür.

Ein Butler mit einer formellen Schärpe, auf der das Siegel der Ashmoors abgebildet ist, öffnet die Türe und schaut mich verächtlich an. „Kann ich Ihnen helfen?", fragt er.

„Ich bin hier, um Ashmoor zu sehen."

„Lord Ashmoor empfängt heute keine Besucher, er –"

„Sagen Sie ihm, dass Strikestone hier ist", unterbreche ich.

Das Männchen verzieht seine Lippen und seine Augen huschen zu meinem Menschenweibchen hinüber. Sie erwidert sein strahlendes Lächeln und hebt ihren Korb hoch. „Wir haben ein Geschenk für ihn", sagt sie.

„Nun denn", schnupft der Butler. „Ich werde es ihm sagen."

Dann knallt er uns die Tür vor der Nase zu.

„Tja, das lief doch gut", antwortet Ariana, bevor sie sich umdreht und die breite Treppe hinunter zu den wunderbar gepflegten Gärten geht. Ich folge ihr und gemeinsam setzen wir uns auf eine Steinbank mit Blick auf die große Rasenfläche. In der Ferne kann ich deutlich das schwarze Loch im Boden erkennen, das früher einmal …

„Du hast meine Teichanlage in die Luft gejagt", sagt eine tiefe Stimme hinter mir.

Ich kann mir das Lächeln nicht verkneifen, das über meine Lippen huscht. Ich stehe auf und drehe mich langsam um. „Ashmoor." Er trägt eine schwarze Hose und eine schwarze Schärpe über der Brust. Ich kann ihn nicht ausstehen.

„Strikestone."

Ich gestikuliere zu Ariana: „Das ist mein Weibchen", erkläre ich. „Sie ist menschlich, aber ehrwürdig."

Ariana räuspert sich. „Nun, ich bin eigentlich nicht *sein* Weibchen. Hallo, Lord Ashmoor. Ich bin die gerichtlich beauftragte Managerin. Ich bin im Auftrag des Gerichts hier, um sicherzustellen, dass das Strikestone-Projekt zur Restrukturierung der Waffensammlung vollständig abgearbeitet wird. Mein Name ist Ariana Gonzalez. Ich habe gestern Abend die komplette Akte gelesen und im Kleingedruckten entdeckt, dass, damit Herr Strikestone diese Probezeit abschließen kann und ihm die vollen Rechte an seinem Eigentum zurückgegeben werden können, er von uns beiden die Fertigstellung dieses Projekts abzeichnen lassen muss."

Ashmoor wirft den Kopf zurück und lacht. „Strikestone braucht *meine* Unterschrift, damit er vollen Zugriff auf sein flüssiges Gold bekommt?"

Arschloch.

Er grinst mich an. „Ich werde meinen Bruder anpingen müssen. Das wird ihm gefallen. Endlich haben wir einen Strikestone am Haken."

Ein Knurren grollt in meiner Brust, weil ich seinen jüngeren Bruder möglicherweise noch mehr hasse als ihn. „Du hast bekommen, was du verdient hast", sage ich.

„Niemand verdient es, dass eine giftige Bombe in seinem Vorgarten explodiert."

„Hör auf zu jammern, es wurde niemand verletzt."

„Du hast Mutters Teichanlage zerstört", schreit Ashmoor, wobei ihm die Spucke aus dem Mund fliegt, während er auf das schwarze Loch im Boden deutet.

Ich presse meine Lippen zusammen. Verdammte Hyro-Hölle. Seine Mutter war die einzig *gute* Ashmoor. Ich war sehr betroffen von ihrem Tod ... und er weiß das, weil ich auf ihrer Beerdigung war. „Dein Großvater hat unser Dock in die Luft gejagt", erinnere ich ihn.

„Dein Urgroßvater hat unsere Scheune abgefackelt."

„Dein –"

„Ach, kommt schon, ihr zwei", unterbricht mein Weibchen. „Hier geht es um Dinge, die vor Hunderten von
Jahren passiert sind! Könnt ihr beiden nicht die Vergangenheit ruhen lassen und Freunde werden? Ihr seid doch
Nachbarn. Könnt ihr das nicht unter euch ausmachen und
euch versöhnen?"

„Nein", antworten wir beide gleichzeitig.

„Bleib zurück, Weibchen", warnt Ashmoor Ariana.

Ich knurre und stelle mich vor sie.

Ashmoor öffnet sein Maul und stößt eine Präzisions-
flamme aus, die die Spitze meines linken Ohrs versengt.

„Willst du dieses Spiel wirklich spielen?", frage ich und
mache einen Schritt nach vorne. „Dann lass uns spielen."
Ich schieße ihm eine Strikestone-Flamme zurück und der
Boden, auf dem er steht, beginnt ebenso zu brennen wie
seine Hose.

„Skoll!", schreit mein Weibchen von hinten. „Hör auf.
Hör auf."

Auf diesen Kampf habe ich lange gewartet. Ich lande
einen Treffer in seiner Magengegend, den er schluckt, und
er kontert mit einem Treffer auf meinen Rücken. Dann
packe ich ihn und wir rollen beide den felsigen Hügel
hinunter. Ashmoor ist der Erste, der wieder auf die Beine
kommt und er wirft eine Flamme, die meinen rechten Arm
erwischt.

Thayne Ashmoor hat die Firepoint-Akademie durch-
laufen und ist vorzeitig aus dem Militär ausgeschieden.
Auch wenn er ein hochnäsiger Offizier ist, gebe ich zu,
dass er ein würdiger Gegner ist. Ich reiße ihm die Schärpe
ab und werfe sie auf den Boden. „Das ist für damals, als du
mein Bett angezündet hast", rufe ich, während ich ihm
einen Schlag gegen den Kiefer verpasse.

Er erholt sich, springt los und tritt mir die Beine unter

dem Körper weg. „Und das ist für damals, als du alle meine preisgekrönten Feuervögel gestohlen hast."

Ich springe wieder auf. Wovon redet er? „Thayne, ich habe deine Feuervögel nicht gestohlen."

„Das hast du wohl."

„Glaubst du nicht, dass ich mit sowas prahlen würde? Aber das war ich nicht."

Er lässt die Fäuste sinken. „Du warst es nicht?"

„Nein."

„Pha."

Schließlich sitzen wir beide blutend – Seite an Seite – am Fuß des Hügels und versuchen, wieder zu Atem zu kommen.

„All die Jahre dachte ich, du wärst das gewesen …", murmelt er. „Seit der Feuersonnenwende von neunundneunzig."

Ich nicke und erinnere mich an die landesweite Feier in diesem Jahr. „Du hast das mit den Feuervögeln großartig gemacht", gebe ich zu. „Du hättest es verdient, den Hauptpreis zu gewinnen."

Thayne Ashmoor, der dreizehnte Feuerlord von Ashmoor, wendet sich mir zu und streckt eine Klaue aus. „Wenn du für die vollständige Wiederherstellung meiner Teichanlage aufkommst, sind wir quitt und ich unterschreibe dein Projekt", knurrt er.

Ich nicke und beuge mich vor. Wir geben uns die Klauen und besiegeln den Deal.

9

ARIANA

Unglaublich, dieser ausschweifende Kampf zwischen Ashmoor und Skoll.

Zwei knallharte Hyrrokinen-Männchen, die Mann gegen Mann kämpfen, sich gegenseitig schlagen und abfackeln. Dafür könnte ich Eintrittskarten verkaufen. Ihre glänzenden schwarzen Hörner blitzen im Sonnenlicht und ihre tödlichen Schweife peitschen hinter ihnen durch die Luft. Die Muskeln ihrer Oberarme wölben sich in riesigen Bögen, während sie ihre kolossalen Fäuste schwingen. Im Grunde ist dies die Fantasie jeder Frau – verschwitzte Männer mit nacktem Oberkörper, die sich gemeinsam im Dreck wälzen. Skoll ist größer, während Ashmoor dicker und schwerer ist. Ich bin überrascht, dass dieser Feuerlord einem so mächtigen Soldaten wie Skoll gewachsen ist.

Ihre anfänglichen Feuerspeiereien haben mich so zu Tode erschreckt, dass ich Skoll angeschrien habe, aufzuhören, doch schließlich habe ich aufgegeben, bei den Kätzchen gesessen und darauf gewartet, dass es endet. Bei diesem Kampf scheint es um mehr als nur ein Thema zu gehen – das böse Blut zwischen ihren beiden Familien reicht wohl Generationen zurück.

Snack und Häppchen winden sich vor Verzweiflung, als ob sie spüren könnten, dass ihr „Daddy" in Schwierigkeiten ist. Ich nehme sie beide aus dem Korb und streichle sie auf meinem Schoß, während wir zusehen und warten. Schließlich ist die Prügelei zwischen Ashmoor und Skoll zu Ende und die beiden sitzen da und unterhalten sich, als hätten sie sich nicht eben noch gegenseitig verprügelt. Das bizarre, männliche Bindungsritual endet mit einem festen Händedruck als die beiden aufstehen und zurückkommen.

Die Hauptsache ist, dass Ashmoor das fertige Projekt abzeichnet. Das ist das Wichtigste. Jetzt muss ich nur noch einen Aktionsplan skizzieren, formalisieren und ihn in die Tat umsetzen.

„Ihr Verlobter war während unseres Gesprächs sehr geduldig", kommentiert Ashmoor, während er an mir vorbei humpelt.

Gespräch? Ich lächle und schüttle den Kopf, als ich die Kätzchen zurück in ihren Korb lege. Wenn es das ist, was die beiden als ein freundschaftliches Gespräch bezeichnen, wie sieht dann erst ein echter Streit aus?

„Du irrst dich, Ariana ist nicht meine Verlobte", sagt Skoll und versucht, sein eigenes Hinken zu verbergen, als wir uns wieder der Einfahrt zuwenden. „Ich bin bereits mit einer Hyrrokinin verlobt. Ich bin rechtlich an eine andere gebunden."

Mein Gesicht wird warm. Wie oft ist das schon passiert? Die Leute denken, wir sind ein Paar, und Skoll sagt ihnen unverblümt, dass das definitiv nicht der Fall ist.

„Dieses Menschenweibchen ist nicht deine offizielle Verlobte?", fragt Ashmoor, als er zu mir herüberblickt und zwinkert. „Strikestone ist dümmer, als ich dachte."

Ich blinzle und dann breitet sich ein Lächeln auf

meinem Gesicht aus. Der Feuerlord von Gut Ashmoor hat mir gerade zugezwinkert? Ziemlich cool.

Skoll stößt ein donnerndes Knurren aus und legt einen Arm um meine Taille.

„Ziemlich besitzergreifend, was?", murmle ich. Ich schaffe es, mich zumindest lange genug von Skoll zu lösen, um Lord Ashmoor meinen Geschenkkorb zu überreichen.

„Viel Glück dabei", ruft Ashmoor über seine Schulter, als er – den Korb in einer Hand haltend – in die entgegengesetzte Richtung davonhumpelt. „Vergesst nicht, mich zu eurer offiziellen Partnerschaftszeremonie einzuladen, nachdem Strikestone seine Eier wiedergefunden hat."

„Arschloch", knurrt Skoll.

Ich konzentriere mich darauf, die Kätzchen zu tragen und sorge dafür, dass mein mürrischer „Boss" es zurück zu seinem Auto schafft, ohne zu stolpern. Wir erreichen Skolls Geländewagen und es ist offensichtlich, dass der stolze Hyrrokine versuchen wird, uns nach Hause zu fahren.

„Lass mich fahren", sage ich.

Rauch wabert aus seinen Nasenlöchern.

„Du bist verletzt", sage ich und bringe die Situation auf den Punkt.

„Bin ich nicht", knurrt er, während Blut von seiner Nase und seinen Reißzähnen tropft.

Ich tippe auf mein Tablet und drehe den Bildschirm, um ihm meinen galaktischen Führerschein der Klasse C und meine einwandfreie Fahrbilanz zu zeigen.

Skoll grunzt als Antwort und humpelt zum Beifahrersitz hinüber.

Ich hingegen springe auf den Fahrersitz, platziere die Kätzchen zwischen uns und starte das Fahrzeug, überrascht, dass er mir seinen kostbaren Geländewagen auf diesen rumpeligen Wegen anvertraut.

Auf der Rückfahrt sind wir beide still, in unsere eigenen Gedanken versunken.

Hauptsächlich denke ich über die Vorstellung von Skoll Strikestone als meinen potenziellen Freund nach. Ich meine nicht als Boss, Kunde oder ein Freund, den ich beschützen und dem ich helfen will, sondern als festen Freund. Ich war so darauf konzentriert, meine Verlobung mit Antonio zu lösen und mich auf eine unabhängige Zukunft vorzubereiten, dass ich nicht viel über eine neue Beziehung nachgedacht habe. Natürlich will ich das. Ich will meinen ersten Kuss erleben, diese lästige Jungfräulichkeit loswerden und am Ende auch einen Mann und Kinder haben. Das war bisher aber ein langfristiges Ziel und jetzt soll ich es genau hier gefunden haben?

Mein ganzes Sexspielzeug habe ich zurückgelassen, was, wie ich langsam bemerke, ein fataler Fehler war. In der Theorie weiß ich alles über das Thema Liebe machen, aber ich habe es noch nie im echten Leben mit einem Partner getan. Mir gefällt zwar die Idee, einen festen Freund zu haben, aber nicht in einer Million Jahren hätte ich gedacht, dass der erstbeste Mann, den ich außerhalb des Planeten treffen würde, ein Männchen sein würde, mit dem ich gerne …

Was will ich eigentlich mit Skoll?

Gestern habe ich zwei junge Frauen getroffen, die ihre zukünftigen Ehemänner auf Tarvos kennengelernt haben. Chloe und Avery sind jetzt beide glücklich verheiratet und haben vor, hierzubleiben, weil sie Tarvos und die Hyrrokinen so sehr mögen.

Während ich mit den Fingern auf das Lenkrad klopfe, erinnere ich mich daran, wie es sich angefühlt hat, als Skoll mehr als nur einmal scharf erklärt hat, dass ich nicht seine Auserwählte bin. Ich sollte mich an meine eigenen Grundsätze halten und zusehen, dass ich Antonio dazu bringen kann, unsere Scheinverlobung offiziell aufzulösen, bevor ich mir einen festen Freund oder ... Ehemann suche.

Aber ich bin so verliebt in diesen verlobten Teufel, dessen Bindung handfester zu sein scheint als es meine eigene jemals war. Die ganze Sache fühlt sich mittlerweile an wie die Geschichte meines Lebens: Ein Mann, der in der Öffentlichkeit nicht zu mir stehen will. Manchmal täuscht mich mein Verstand und es fühlt sich an, als würde Skoll zu mir gehören, aber das tut er nicht.

Verdiene ich nicht eine Beziehung mit einem Mann, der mich von ganzem Herzen und ohne Vorbehalte will?

Und sollte ich nicht in der Lage sein, diese Art von Hingabe zu erwidern, ohne dass mein unechter Verlobter wie ein Geist im Hintergrund lauert?

Plötzlich erinnere ich mich wieder an Averys Worte – sie würde es nicht zulassen, dass ein „gemeines Mädchen" Skoll ausnutzt. Hier geht es nicht nur darum, dass Skoll mit jemandem verlobt ist, den er liebt, und ich das respektieren muss.

Er wird benutzt.

Außerdem hat dieser Mann mein Leben gerettet.

Ich schaue zu Skoll hinüber und sehe, dass beide Kätzchen auf seinen Schoß geklettert sind und sich zu kleinen Kugeln zusammengerollt haben, während er irgendwie – trotz der holprigen Straße – eingeschlafen ist.

Armer Kerl.

In dem Moment, in dem ich das Fahrzeug parke, erwacht der riesige, blutende Soldat und wir gehen gemeinsam in seine Jagdhütte. Ich befehle Skoll, sich hinzulegen, also schleicht er den Flur hinunter und lässt sich auf sein riesiges Bett fallen. Währenddessen schnappe ich mir einen Hyrrokinen-Verbandskasten, folge ihm und trete mutig ein.

Ich war noch nie in seinem Schlafzimmer und schaue

mich verstohlen um. Es gefällt mir besser als es sollte. Ich kann mir sogar bildlich vorstellen, neben ihm – unter dem riesigen Schwert, das er an der Wand über seinem Bett montiert hat – zu schlafen. Nur die Speere in der Ecke würde ich wegräumen und die … ach herrje. Was ist nur los mit mir?

„Weibchen, ich kann das selbst machen. Ich bin es gewohnt, meine Wunden zu versorgen."

„Nein, ich will dir helfen." Ich setze mich neben ihn, sehe mir seine Verbrennungen und Schnitte an, dann wasche ich sanft sein raues Gesicht und halte vorsichtig bei seiner großen Narbe inne. Er hasst sie, aber ich betrachte sie als eine Art Ehrenabzeichen. Ich wische mit einem feuchten Tuch an seinem Kiefer entlang und verbringe viel zu viel Zeit damit, seinen Mund anzustarren.

„Ariana?", brummt Skoll, als er meine Hand ergreift und meinem Blick begegnet. Sein Schweif hebt sich von der Bettkante und schlängelt sich um meine Hüften. „Ich möchte, dass du weißt … ein ehrenwertes Männchen lässt es nicht zu, dass irgendjemand fälschlicherweise denkt, seine Verlobte sei irgendeine andere als die, um deren Hand er offiziell angehalten hat."

Ich knabbere an meiner Unterlippe. „Ich verstehe."

Er lässt mein Handgelenk los, setzt sich unter Schmerzen auf und lehnt sich mit dem Rücken an das Kopfteil aus Ebenholz. Da sitze ich nun auf dem Bett neben einem Männchen mit nacktem Oberkörper, roter Haut und gigantischen Muskeln. Ich strecke die Hand aus und verteile Heilsalbe auf der Brandwunde an seinem geäderten Unterarm. Hier anzufangen erscheint mir sinn-voll, weil es die größte aller Verbrennungen ist. Er zischt bei der Berührung und seine scharfen Reißzähne und die gespaltene Zunge kommen zum Vorschein. Seine Hände sind so riesig und rau und diese scharfen Krallen haben silberne Spitzen … „Ich kann nicht glauben, wie viele Verbrennungen du –"

„Ariana?"

„Ja?"

„Ich möchte, dass du auch weißt, dass ich Lilith nicht erreichen kann …, sie ist auf der anderen Seite des Planeten und reagiert nicht auf meine Nachrichten. Seit dem Moment, als ich dich zum ersten Mal getroffen habe, versuche ich, sie zu kontaktieren."

Meine Schultern entspannen sich. „Tust du das?"

„Das tue ich. Nun, Weibchen, kannst du …?"

„Ja?" Mein Herzschlag hämmert in meinen Ohren. Ich lehne mich näher an ihn heran, atemlos vor Vorfreude.

„Kannst du mir die Kätzchen reichen?"

Oh, Mann.

IN MEINEM EIGENEN Zimmer ist es jetzt viel zu still. Ich gehe zurück über den Flur und kann nur an den Mann denken, den ich zurückgelassen habe. Es hat ewig gedauert, jeden einzelnen Schnitt und jede Brandwunde an Skolls riesigem Körper zu verarzten. Okay, vielleicht länger als unbedingt nötig, und ja, ich habe ihn wahrscheinlich ein wenig gequält – sofern seine anhaltende Erektion einen Hinweis darauf geben kann. Das war aber meine einzige Chance, diese warme Haut zu streicheln und ihm viel zu nahe zu sein, und die wollte ich mir auf keinen Fall entgehen lassen.

Jetzt, wo er sich etwas ausruht, habe ich ihn und unsere Kätzchen in dem Zimmer allein gelassen und das Einzelbett in diesem kleinen Gästezimmer erscheint mir traurig und einsam. Ich habe etwas Ordnung in das Durcheinander gebracht – eine Reihe glänzender Speere entlang einer Wand aufgereiht und zwei Schwerter glänzen jetzt über dem Bett. Skoll hat mir heute Morgen erzählt, dass dies das Zimmer war, in dem er und seine Schwester als Kinder geschlafen haben, und natürlich kommt mir dabei der Gedanke, dass unsere eigenen halb menschlichen, halb hyrrokinischen Kinder künftig auch hier nächtigen könnten.

Ich lasse mich auf das Bett plumpsen und pinge meine Freundin Claire an.

Vielleicht lenkt mich die Arbeit ja davon ab, wie gerne ich wieder hinübergehen möchte, um mich neben Skoll zu kuscheln.

„Ariana!", ruft sie.

Ich lächle, denn es ist schön, ein vertrautes Gesicht zu sehen. Claire hat lange blonde Haare, blaue Augen und eine quirlige Persönlichkeit. Wir haben uns in einer Vorlesung an der Universität kennengelernt und hatten später beide eine Praktikumsstelle bei der Wohnungsbaubehörde in Mumbai. Sie ist dabei, auf die Designschule zu wechseln, aber ich möchte in diesem Bereich bleiben und noch mehr über speziesübergreifende Psychologie, und jetzt … über die Geschichte der Hyrrokinen-Waffen, lernen. Ja, es ist ein wenig peinlich, doch mein Interesse an der gleichen Thematik, für die auch Skoll brennt, ist entflammt.

„Ich habe dich in den Nachrichten gesehen", zwitschert sie.

„Hast du das?"

„Ariana, jeder hat dich gesehen. Es läuft überall in den vier Sektoren."

Ich zucke zusammen, weil ich weiß, dass es wahr ist.

„Du siehst entzückend aus! Und deine kleinen goldenen Kätzchen! Wer ist der Typ mit der tiefen Stimme? Stimmt es, dass er wie der Teufel aussieht? Erzähl mir alles, ich will die ganze Geschichte hören."

Ich schlage meine Beine übereinander, mache es mir

bequem und erzähle ihr, wie ich reagiert habe, als ich Skoll zum ersten Mal sah. Außerdem erläutere ich ihr die sagenhafte Situation seiner Waffensammlung, allerdings lasse ich den Teil, in dem er von der Behörde für Waffen und Feuer gefilzt wurde, aus. „Mein Klient hat ein verfallenes Lager, in dem er seine Sammlung – sie ist wirklich etwas aus dem Ruder gelaufen – von antiken und für seine Kultur typischen Waffen deponiert hat. Einige davon sind wirklich furchterregend, – mit riesigen Drachenköpfen, die in die Seiten geschnitzt sind –, und möglicherweise sogar gefährlich. Das alles war so riesig und überwältigend. Die Sanierung des Gebäudes und die Restaurierung der Stücke waren bisher nicht finanzierbar." Dann erkläre ich, wie ich in das Senkloch gefallen bin und Skoll Strikestone gekommen ist, um mich zu retten. „Er hat mir das Leben gerettet, Claire. Ich glaube wirklich, dass ich es nicht mehr lebend dort rausgeschafft hätte, als das flüssige Gold anfing zu sprudeln."

„Oh mein Gott, Ariana, du hättest sterben können."

„Allerdings! Wie du dir vorstellen kannst, ist dieser Mann jetzt mein Held. Und das Wichtigste ist, dass er es sich dank dieser Goldmine jetzt leisten kann, alles erstklassig zu renovieren und zu organisieren."

„Oh, das ist großartig", lacht sie, „sozusagen der Traum jedes professionellen Managers – unbegrenzte Mittel, um all die Dinge zu tun, die wir uns vorstellen, und ein Kunde, der bereit ist, das durchzuziehen."

„Genau." Claire arbeitet für die gleiche Agentur wie ich, also kennen wir die gleichen Leute. „Hey Claire, kann ich dir eine Frage stellen? Ist Nate sauer auf mich, weil ich ihm seinen Job weggeschnappt habe? Er ist ein netter Kerl und ich fühle mich irgendwie schlecht deswegen."

„Nein, ist er nicht, mach dir keine Sorgen. Ich habe die Wogen für dich geglättet. Ich habe mit ihm gesprochen und ihm erklärt, warum genau dieser Job so wichtig für dich war und warum du das Gefühl hattest, dass du sofort abreisen musst. Er hat die Gehaltserhöhung bekommen … und es hat sich herausgestellt, dass er sich sowieso unwohl dabei gefühlt hatte, einen Job auf einem anderen Planeten anzunehmen, nachdem seine Frau kurz vor ihrem Geburtstermin steht. Ich denke, er ist der Meinung, dass du ihm sogar einen Gefallen getan hast. Nicht jeder ist so abenteuerlustig und offen für Veränderungen wie eine Gonzalez-Frau."

Ich lache schnaubend. „Oh, ich hatte solche Angst. Ich habe geschrien wie ein kleines Mädchen, als ich hier angekommen bin und meinen ersten Hyrrokinen gesehen habe."

„Ich kann nicht glauben, dass du mit Wesen arbeitest, die wie der Teufel aussehen."

„Ich kann es auch nicht glauben, aber eigentlich sind sie ganz in Ordnung. Mit meinem Klienten kommt man gut aus."

„Deine Beschreibung von Skoll Strikestone klingt, als wäre er ein toller Mann."

„Das ist er", seufze ich verträumt. „Wenn man über die Reißzähne, die gespaltene Zunge, die Hörnern, Krallen und den schwarzen Schweif hinwegsieht. Wusstest du, dass keiner der Männer hier Hemd oder Schuhe trägt?"

Claire zieht eine Augenbraue hoch. „Mädchen, du bist rechtlich gesehen verlobt", erinnert sie mich. „Das Video, in dem du dem Bürgermeister, deinem Verlobten, im neuen Regierungsgebäude die Meinung geigst, wurde auch viral. Mein Lieblingsteil ist der, wo du ihm auf dem Weg nach draußen den Stinkefinger zeigst. Die Memes dazu sind urkomisch."

Ups.

„Skoll ist auch verlobt", erzähle ich ihr, „obwohl ich

vermute, dass seine Verlobung genauso vorgetäuscht ist wie meine eigene, aber trotzdem … Er ist nach dem hyrrokinischen Gesetz offiziell vergeben. Also nein, hier passiert nichts. Nichts als reine Professionalität."

„Richtig, … professionelle Distanz", stimmt sie zu.

Ich seufze. „Hey, hast du etwas mehr Zeit? Können wir zusammen ein Brainstorming machen, um einen Plan zu erstellen, wie man das hier organisieren könnte? Ich hätte so gerne jemanden zum Reden, um Ideen auszutauschen. Außerdem hast du ein Händchen für die Details bei einem Design."

„Klar … ich würde gerne mehr hören und dir helfen. Dein Projekt klingt super interessant."

„Perfekt, danke", antworte ich erfreut, rolle mich auf den Bauch, schnappe mir mein zweites Tablet und wir machen uns an die Arbeit.

10

SKOLL

Am nächsten Morgen stelle ich das Frühstück für mein Weibchen auf den Tisch.

Snack und Häppchen sitzen auf dem Boden und verschlingen geräuschvoll ihr eigenes frisch gefangenes Fleisch, das ich für sie gebraten und mit meinen Krallen zerkleinert habe.

Dank Arianas sorgfältiger Pflege letzte Nacht habe ich jetzt nur noch ein paar tiefviolette Blutergüsse an meinem Kiefer und einen Schnitt an der Lippe. Ich grinse und stelle mir die Wunden vor, die Thayne Ashmoor – ohne den Trost einer Partnerin – zu verarzten versucht.

Geschieht dem Arschloch recht.

Ich bleibe auf der Stelle stehen. Partnerin …? Bin ich schon so verwirrt und habe tatsächlich meine gerichtlich bestellte Managerin als meine Partnerin bezeichnet … als meine Auserwählte? Ich schüttle den Kopf. Ich bin wirklich verliebt.

Ariana stürmt wie ein Sonnenstrahl in die Küche. „Guten Morgen!", trällert sie.

Ich mache mir Sorgen, dass sie letzte Nacht nicht

genug gegessen hat, als es mir nicht gut ging, also reiche ich ihr einen dampfenden Becher mit einem typischen Getränk von Neue Erde, von dem ich weiß, dass es ihr schmecken wird.

Sie nimmt einen Schluck und seufzt genussvoll. „Ist das der originale Planeten-Kaffee?"

„Ja, mir ist zu Ohren gekommen, dass die Menschen ihn dem Traq vorziehen."

Ihre Augen, die die Farbe von erkalteter Lava haben, tränen vor Freude. Sie schaut sich um, als hätten wir Besuch, dann beugt sie sich vor und flüstert: „Schhhhh, sag niemandem, dass ich das gesagt habe, aber du bist ein besserer Koch als Mrs. Wilson, unsere Köchin zu Hause. Und sie hat immer wieder Backwettbewerbe gewonnen."

Ich schaue mit gerümpfter Nase auf sie herab. „Dein Vater hat jemanden angestellt, der alle Mahlzeiten für euch zubereitet?"

„Ja. Ich musste in meinem ganzen Leben noch nie eine einzige Speise kochen. Hasst du mich jetzt?"

Ich kichere und streichle über ihren Kopf. „Nein, ich hasse dich nicht, Weibchen. Ich verstehe, dass dir die Fähigkeiten auf diesem Gebiet fehlen, und ich werde es zu meiner Lebensaufgabe machen, dich zu füttern."

Ein strahlendes Lächeln breitet sich auf ihrem Gesicht aus. „Es wäre mir eine Freude, alles zu essen, was du zubereitest", antwortet sie. Dann greift sie nach unten, hebt Häppchen auf und gibt ihm einen schnellen Guten-Morgen-Kuss.

„Du siehst glücklich aus", sage ich.

„Wirklich? Nun, warum nicht? Ich hatte zwar einen Nervenzusammenbruch wegen des Zustands deines Waffenlagers und all der Hindernisse, die es mit sich bringt, doch dann sprudelt ein Geysir aus flüssigem Gold aus einem plötzlich aufgetretenen Senkloch auf deinem Grundstück und alles wendet sich zum Guten. *Und* du hast Frieden mit Lord Ashmoor geschlossen. Deine Waffen und dieses Grundstück werden gerettet, Skoll. Ich habe einen Plan ausgearbeitet."

„Plan? Was für einen Plan?"

Sie holt ihr Tablet heraus und beginnt, mir den Plan zu erklären. „Daran habe ich gestern Abend mit einer Kollegin gearbeitet. Ich habe einen Vorschlag erstellt, den ich der Behörde für Waffen und Sprengstoff vorlegen kann. Keine Sorge, es ist erst mal nur ein Vorschlag, der erst dann zum eigentlichen Abrüstungsplan wird, wenn wir Änderungen vorgenommen haben und du deine Zustimmung gegeben hast …"

„Danke", sage ich und bedanke mich auch im Sinne all meiner Vorfahren.

„Na ja, ich helfe gerne", brabbelt sie, „ich habe die letzten vier Jahre entweder unter der Fuchtel meines Vaters verbracht oder mir von meinem falschen Verlobten mein Leben und meine Zukunft diktieren lassen. Und jetzt bin ich hier auf Tarvos, um jemandem zu helfen, der mir am Herzen liegt, und habe sogar zwei Kätzchen. Ich wollte schon immer Haustiere haben, aber mein Vater hat es nicht erlaubt …"

„Was hast du gesagt?"

„Hmm? Ich sagte, ich bin wegen eines Jobs hier …"

„Nein, du sagtest, du bist hier, um jemandem zu helfen, der dir am Herzen liegt."

„Habe ich das?"

„Wirst du rot?"

„Nein", stottert sie, „nein … ich …"

Ich schaue nach unten und räuspere mich. Ihre Brust hebt und senkt sich schnell und ich kann meine Augen nicht von den Umrissen ihrer perfekten Brustwarzen unter dem engen Hyrrokinen-Shirt lassen, das sie trägt. „Woher hast du dieses Shirt?"

„Oh, Chloe hat es mir gegeben. Eigentlich hat sie mir gleich eine ganze Tasche mit traditionellen Hyrrokin-Klamotten da gelassen."

Ich unterdrücke das Knurren in meiner Kehle. Wie sie sich in der traditionellen Kleidung meiner Spezies vor mir präsentiert, hat mehr Sex-Appeal, als ich ertragen kann. „Iss", sage ich daher mit kehliger Stimme, bevor ich Arianas Glas auffülle, mich neben sie setze und ebenfalls esse. Dabei versuche ich, nicht auf die Rundungen ihres prallen Hinterns, ihre faszinierenden stumpfen Zähne oder ihre schmale Taille zu starren.

Ich beende meine Mahlzeit, wasche meine Krallen und pinge dann ein letztes Mal Lilith an, um einen weiteren Versuch zu starten, unsere Bindung gemäß den gesetzlichen Richtlinien zu beenden. Ich habe das gestern Abend recherchiert und herausgefunden, dass die formelle Absicht, eine Verbindung zu lösen, öffentlich vor Zeugen, am dritten Tag eines Neumondzyklus und gleichzeitig in gedruckter Form von einem unparteiischen Richter abgegeben werden muss, dessen Honorar direkt beim Bezirksgericht im Voraus zu bezahlen ist. Oder, wenn die Lösung der Verlobung einvernehmlich geschieht, ist eine mündliche Trennung auch als rechtsverbindliche Annullierung anzusehen. Nachdem ich immer noch hoffe, dass Lilith und ich die Sache schnell beenden können, versuche ich weiterhin, sie zu erreichen mit der Absicht, mich mündlich von ihr zu trennen. Ich werde ihr meinen Fehler eingestehen –, dass ich eine Verpflichtung von einem Weibchen verlangt habe, die sich nicht als meine Auserwählte herausgestellt hat.

Ariana beendet ihre Mahlzeit und stellt gleich zwei Tablets auf. „Wie wäre es, wenn wir den Vorschlag gleich durchgehen? Dann können wir uns vergewissern, dass du mit allem zufrieden bist. Denk daran, wir können Dinge hinzufügen oder streichen, wie auch immer du willst. Wichtig ist nur das Endergebnis: Deine Waffen müssen nach Beendigung des Projekts ordnungsgemäß gelagert sein und Lord Ashmoor muss die Kosten für den Wiederaufbau seiner Teichanlage erstattet bekommen."

Snack und Häppchen spielen auf dem Boden mit einem Spielzeug, das ich für sie aus einem Stofffetzen und einem Stock gebastelt habe. Ich sitze dicht neben Ariana, drücke meinen Oberschenkel gegen ihren und habe meinen Stachelschweif um ihr Stuhlbein gewickelt.

„Wir müssen das alles verlegen – deine Waffen liegen momentan in einer baufälligen Lagerhalle", erklärt sie. „Dein Grundstück braucht jetzt drei Dinge – einen Bereich, um das flüssige Gold abzubauen, ein neues Gebäude, um deine Waffen zu lagern, und einen separaten Platz für die Familientreffen. Wir können das alles schaffen, es bedarf nur guter Planung und viel Arbeit."

„Dieses Gebäude hier muss unangetastet bleiben", verkünde ich. „Es birgt zu viele Erinnerungen."

„Ich stimme dir zu", sagt sie, „die Jagdhütte ist gut so wie sie ist. Ich genieße den rustikalen Charme hier. Alles, was wir hier tun müssen ist, gemeinsam daran zu arbeiten, dass wir die Waffen, die du hier drin, neu organisieren und dann schön ausstellen."

„In der Vergangenheit hatte ich nur genug Geld, um alte Waffen anzusammeln. Um sie richtig zu lagern, fehlten mir allerdings die Mittel."

„Ja. Genau das war das Problem. Aber Skoll, jetzt kannst du ein Museum bauen, wenn du willst. Du kannst Waffenkammern errichten. Du kannst sogar einen Kurator und Assistenten einstellen."

Am Ende halten wir eine Videokonferenz mit Aegir

und Avery und einem Vertreter der Gravian-Vermögens-verwaltung ab, in der ich einen Vertrag mit einer hyrroki-nischen Bergbaufirma abschließe, und wir schaffen es sogar, ein erstes Gespräch mit einem Mitarbeiter der Gesellschaft für hyrrokinische Geschichte zu führen, der mir auf Anhieb sympathisch ist.

„Die Bergbaufirma hat gesagt, es wird fünf Jahre dauern, das ganze flüssige Gold abzubauen, und wenn sie fertig sind, wird es so aussehen, als wären sie nie hier gewe-sen", erklärt mir Ariana. „Und die Umweltauflagen sind –"

„Willst du heute Abend frischen Fisch zum Abendes-sen?", unterbreche ich sie.

„Ähm … ja, gerne?"

„Gut, dann müssen wir los, um unser Abendessen aus dem Feuerstrom zu fischen", fahre ich fort und schalte beide Tablets ab. „Wir sind fertig hier."

„Aber …, aber …"

Ich schnappe mir die Kätzchen, nehme ihre Hand und führe sie hinaus in die hyrrokinische Sonne.

„ICH BIN EINE ECHTE NIETE. Diese Fische schwimmen im Kreis um mich herum."

„Du bist keine Niete."

„Ich kann es einfach nicht so gut wie du."

„Es ist dein erster Tag."

Der Gegensatz dieses blassen Weibchens, dem Krallen, Schweif und Hörner fehlen, zu meinen eigenen rothäu-tigen Armen und Beinen, ist faszinierend.

Wir stehen beide in einem warmen Strom aus rauschendem Wasser und fangen Fische mit den bloßen Krallen und ein paar Stichflammen. Feuer und Wasser. Snack und Häppchen tänzeln mit aufgestellten Schwänz-chen am Ufer des Flusses entlang. Ich hebe mein Gesicht, um mehr von den gesunden Strahlen unserer beiden Sonnen aufzusaugen. „Dies ist einer meiner Lieblingsplätze auf dem Anwesen", gestehe ich ihr. „Als Jugendlicher bin ich oft mit meinem Vater und meinen Onkeln hier hergekommen. Das ist ein altes Strikestone-Ritual."

Ein weiterer Fisch flutscht durch ihre weichen Hände. „Ich bin scheiße darin", schmollt sie. „Die wissen, dass ich kein großer Hyrrokinen-Männchen bin."

Ich werfe währenddessen einen weiteren stacheligen rot-schwarzen Feuerfisch in den Korb. „Das hat nichts mit männlich oder weiblich zu tun. Meine Schwester ist die beste Fischfängerin im ganzen Land."

„Deine Schwester? Echt jetzt? Warum habe ich sie noch nicht kennengelernt? Ist sie oft hier zu Besuch?"

Schmerz schießt wie ein Blitz durch meine Brust. „Nein, sie war seit dem Tod unserer Eltern nicht mehr hier. Sie arbeitet auf einer weit entfernten wissenschaftlichen Raumstation."

„Oh, das ist zu schade. Ich wette, du vermisst sie. Ich habe keine Brüder oder Schwestern, ich bin ein Einzelkind. Vielleicht kannst du sie mir das nächste Mal –", sie greift ins Wasser, um einen Fischschwanz zu erwischen, „wenn du sie anpingst, vorstellen … oh!", ruft sie, als sie ausrutscht und in den Fluss platscht.

Ich schüttle den Kopf, wate hinüber und ziehe das prustende Weibchen hoch. „Verbreitere deinen Stand und stell dich so hin, wie ich es dir gezeigt habe", sage ich. „Beuge dich weiter nach unten und bleib im tieferen Wasser, dann packst du ihn am Schwanz, ohne die Stacheln zu berühren. Das habe ich dir alles schon gezeigt."

Sie schiebt eine Strähne ihrer nassen Haare zurück, ihr Gesicht ist rosa und verschwitzt. Ihre Kleidung klebt an ihrem üppigen Körper und ich kann ihre harten Brustwarzen durch den Stoff ihres lila Schlauchtops sehen. Wird diese Verlockung denn niemals abflauen?

„Ich mag es nicht, wenn man mir sagt, was ich zu tun habe", sagt sie. „Ich kann nicht gut damit umgehen, Befehle von Leuten zu befolgen, die denken, dass sie das Sagen haben, außer dann, wenn ihre Befehle sinnvoll sind."

Ich richte mich zu meiner vollen Größe auf. „Du denkst also, dass ich nicht das Sagen habe?"

Ein Lächeln zerrt an ihren Mundwinkeln. „Ich schätze nicht."

„Du stellst ständig direkte Befehle infrage?"

„Ja. Ich habe eine unabhängige Ader. Ich glaube, das habe ich von meiner Mutter, meiner Großmutter und meiner Urgroßmutter."

„Als Soldat erteile ich Befehle und erwarte, dass sie kompromisslos ausgeführt werden", warne ich sie.

Sie gestikuliert zu den Fischen, die im klaren Strom an ihren stumpfen Zehen vorbeischwimmen. „Nun, wie sollen wir dann mit diesem Fischfangtraining hier weitermachen?"

Ich halte inne und sage dann: „Du kannst also Befehle nur dann befolgen, wenn sie dir sinnvoll erscheinen? Hervorragend, dann werde ich dir die Logik meiner Befehle erklären, damit du verstehst, warum es sinnvoll ist, zu befolgen."

„Ich denke, das wird funktionieren … aber was ist, wenn du mir die Gründe erklärst und ich nicht damit einverstanden bin?"

„Dann werden wir zur Feuerprobe greifen."

Sie bellt ein Lachen heraus. „Wovon sprichst du?"

„Das wirst du schon sehen … und was wäre, wenn ich dir befehlen würde, dich deines menschlichen Verlobten zu entledigen?"

Sie erstarrt und starrt mich an. „Ich *habe* versucht, ihn loszuwerden. Mein größter Wunsch ist es, aus dieser vorgetäuschten Verlobung herauszukommen. Warum fragst du mich das?"

Ich bewege mich dorthin, wo das Wasser tiefer ist.

„Skoll … antworte mir. Merkst du endlich, dass deine eigene Verlobung auch nur vorgetäuscht ist?"

„Unsere Verlobung ist nicht ‚vorgetäuscht'. Ich habe in gutem Glauben um Lilith Hearthstones Hand angehalten", antworte ich, unfähig, ihr von meinen neuen Absichten zu erzählen. Ich kann weder Ariana noch sonst irgendjemandem sagen, was ich will, bis ich frei und ungebunden bin.

„Da bin ich mir sicher", antwortet sie vorsichtig. „Skoll, dir sind in den letzten vierundzwanzig Stunden unfassbare Dinge passiert und nicht ein einziges Mal ist deine Verlobte gekommen, um dir beizustehen? Hat sie dich nach der Razzia überhaupt jemals angepingt? Weiß sie davon, wie nah du daran warst, das Anwesen deiner Ahnen zu verlieren? Hat sie dich in dieser schweren Zeit in irgendeiner Weise unterstützt?"

„Nein."

„Warum bleibst du dann bei ihr?"

Ich blicke hinauf zu den beiden Sonnen. „Ich weiß es nicht", antworte ich.

IRGENDWANN HABE ich genug Fisch gefangen, um eine ganze Armee zu ernähren. Ich fange immer mehr, als ich brauche, und friere den Rest ein. Ariana fängt am Ende sogar zwei Feuerfische und ich lobe sie dafür, genauso wie es mein eigener Vater tat, als ich jung war und noch lernen musste.

Ich bin bereit, Ariana auf mein Trike zu heben. Die Kätzchen sind bereits in ihrem Korb auf dem Lenker.

Der Duft ihrer ständigen Erregung liegt in der Luft, aber ich frage mich, ob sie mich wirklich für immer will? Wenn ich frei von Lilith bin und mich an eine andere binden kann, wird dieses Weibchen dann meine Verlobte werden wollen, oder will sie sich nur mit mir lustpaaren? Sie ist sehr jung, vielleicht zu jung für einen Soldaten, der kurz vor der Pensionierung steht. Ich lege meine Klauen an ihre breiten Hüften, bereit, sie auf den Rücken meines Gefährts zu heben. „Ich bin fünfzehn Planetenumdrehungen älter als du", warne ich sie.

„So alt siehst du gar nicht aus."

Ich schnaube.

„Wahrscheinlich, weil du keine Haare hast."

Ich greife nach oben und nehme eine lange Strähne ihrer Fäden zwischen meinen Krallen. „Was hat das damit zu tun?"

„Wenn ich älter werde, wird mein Haar grau werden. Die Haare von uns Menschen verlieren ihre Farbe, wenn wir älter werden."

„Ich wollte schon immer Nachwuchs haben, aber ich war damit beschäftigt, mit dem Team Geschmolzene Lava die Welt zu retten", sage ich ihr.

„Kinder?", quiekt sie.

Ich starre demonstrativ auf ihren Bauch und wünsche mir, dass sie bereits unseren Nachwuchs in sich tragen würde. „Ich bin direkt nach der Akademie zum Militär gegangen und seitdem bin ich dort. Ich bin das älteste Mitglied meines Teams." Seltsamerweise hatte ich bei Lilith nie an Nachkommen gedacht. Ja, sie würde rein technisch gesehen die Mutter zukünftiger Strikestones werden, das ist schließlich auch der Sinn einer Partnerschaft – Nachkommen und eine Familie zu schaffen, aber ich hatte mir nie vorgestellt, dass sie mit meinem Nachwuchs schwanger sein würde, oder wie meine Sprösslinge tatsächlich aussehen würden, oder wie sie als Mutter wäre. Aber bei meinem Menschenweibchen kann ich mir das alles bildlich vorstellen. Meine zukünftigen Nachkommen könnten sich glücklich schätzen, dieses Weibchen als Mutter zu haben.

Ihre Arme um meine Taille geschlungen kann ich die Berührung ihrer kühlen Wange an meiner Brust spüren. „Du willst mich, aber du kannst deinen Wünschen nicht nachgeben oder zumindest deine Gedanken laut aussprechen, bevor du deine Schein-Verlobung nicht aufgelöst hast?"

Ich stehe reglos da und erwidere weder ihre Worte noch ihre Umarmung, auch wenn ich das Gefühl liebe, sie so nah bei mir zu haben. Das hier ist richtig. So sollte es sein. Sie gehört zu mir.

„Du solltest etwas wissen", sagt sie.

„Hmm?", grummle ich.

„Ich bin verlobt, seit ich achtzehn Jahre alt bin, und damit bin ich seit vier Jahren an den falschen Mann gebunden. Das heißt, ich bin immer noch Jungfrau. Wenn ich jemals … du weißt schon, … mit dir … also … Du wärst mein Erster."

Es schnürt mir die Kehle zu. „Du bist noch Jungfrau?", krächze ich.

„Ja, … und außerdem bin ich noch nie geküsst worden."

DIE GANZE RÜCKFAHRT über umklammere ich den Lenker so fest, dass ich beinahe das Metall verbiege. Mein Schwanz ist schon wieder hart. Ich wünsche mir nichts sehnlicher als die Freiheit, mein Fahrzeug anzuhalten, mein Weibchen auf den weichen Boden zu betten, ihre dicken Schenkel zu spreizen und in ihr zu versinken.

Ich stoße ein leises Stöhnen aus.

Dann erreiche ich meinen Parkplatz und mein Körper erstarrt augenblicklich zu Eis.

„Guten Morgen, Skoll", sagt Lilith.

Meine Verlobte steht in meiner Einfahrt.

Oh, verdammt.

Ich steige zögerlich ab, helfe Ariana herunter und reiche ihr den Korb mit den Kätzchen. Währenddessen schenkt mir Lilith ein strahlendes Lächeln und stürmt auf mich zu wie eine lang vermisste Geliebte. Die Tatsache, dass ich sie seit dem letzten Mondzyklus zu erreichen versuche, lässt sie völlig unter den Tisch fallen. Nicht ein einziges Mal hat sie auf meine Nachrichten geantwortet.

In ihrer Gegenwart fühle ich nichts. Sie ist nur eine Freundin, über deren Besuch ich freudig-verärgert bin, denn die Wahrheit trifft mich hart – wir sind Freunde, und das ist alles, was wir je waren.

Plötzlich gehen mir Dinge durch den Kopf, über die ich noch nie nachgedacht habe. Es hat mich immer geärgert, dass sie unsere offizielle Partnerschaftszeremonie hinauszögert. Das gab mir das Gefühl, dass sie sich nicht binden will, obwohl sie immer wieder betont, dass dem nicht so sei. Dennoch findet sie jedes Mal aufs Neue gute Gründe, um die Zeremonie hinauszuschieben. Aber sind es *wirklich* gute Gründe?

Und warum hat sie mich nicht schon früher in meiner Jagdhütte besucht?

Ich schaue hinüber zu meinem Menschen. Das Weibchen, das die letzten Tage bei mir war, sich alle meine Geschichten angehört und mich bei jedem Schritt in die richtige Richtung unterstützt hat. Die ungeküsste „Jungfrau", die ich schändlicher Weise zu meiner Verlobten machen will. Sie steht da und starrt mich und Lilith entsetztem Gesichtsausdruck an.

„Ich habe gehört, dass du unverhofft zu einem Vermögen gekommen bist", säuselt Lilith.

„Ja, ich bin jetzt Milliardär", zucke ich mit den Schultern, weil mir dieses neu erlangte Vermögen auf meinen Konten eigentlich egal ist. Ich hatte auch davor genug Geld. Dieser dazugekommene Reichtum bedeutet lediglich, dass ich mich auf unbestimmte Zeit um dieses Anwesen kümmern kann, es im Besitz meiner Familie bleibt und ich ein Museum für nachfolgende Generationen schaffen werde. Dieses Geld ist nichts weiter als ein Werkzeug.

Lilith dreht sich um und mustert mein Weibchen mit einem abschätzenden Blick. „Du wohnst hier mit einem Menschenweibchen?"

„Ja, das ist Ariana Gonzalez, sie ist meine gerichtlich beauftragte Managerin. Sie ist hier, um …"

„Ich bin bereit, deine Ehefrau zu werden, Skoll", unterbricht Lilith.

Oh, verdammt. Genau wegen dieser Sache habe ich versucht, sie zu erreichen. Cap hat mich gewarnt, dass ich die Hilfe eines Teams von Anwälten brauchen würde, um mich aus meiner geplanten Ehe mit dieser Frau zu lösen. Zum Glück habe ich bereits Schritte eingeleitet, trotzdem fühle mich ihr ehrenhaft verpflichtet. Ich will sie zwar nicht mehr als meine Partnerin, aber Lilith mochte mich trotz der Narbe. Sie wollte mich, als niemand anderes mich wollte, und das nicht nur wegen meines Geldes. Sie sagt immer, dass sie mich um meinetwillen mag und dass wir beste Freunde sind.

Aber Freunde pingen sich gegenseitig an, oder nicht? Ist Lilith wirklich meine Freundin?

„Hast du meine Nachrichten bekommen?", frage ich.

„Ich habe dir im letzten Mondzyklus unzählige davon geschickt."

Sie fuchtelt mit einer Kralle in der Luft herum. „Oh, das tut mir aber leid. Mein Tablet wurde gestohlen, als ich in Perth war, und wie du weißt, gibt es dort keine hoch entwickelte Technik. Ich habe schließlich ein neues Tablet gekauft und konnte mich mit dem Netzwerk verbinden, als ich Perth verlassen habe, was erst gestern war. Da bin ich über dein aufregendes Video über den Geysir mit flüssigem Gold gestolpert und natürlich sofort hierhergereist. Ich habe beschlossen, dich mit meiner Ankunft zu überraschen, anstatt auf deine Nachrichten zu antworten."

„Oh, nun, ich bin ganz schön überrascht."

„Mein Vater und Eyeliss sind auch hier."

Ich schaue hinüber und sehe zwei weitere Hyrrokinen aus einem Luxusfahrzeug steigen. „Perfekt", murmle ich.

„Nicht wahr? Sie haben sich so sehr für dich gefreut, dass sie mitkommen und dich ebenfalls überraschen wollten. Wir sind hier, um dein flüssiges Gold zu sehen."

„Skoll", knurrt ihr Vater mich an.

„Rayfard", antworte ich.

„Ist das hier alles?", meckert Liliths beste Freundin. „*Hier* wohnst du also? Ich dachte, du wärst ein Milliardär."

Mit einer Klaue reibe ich mir den Nacken.

Ich empfinde nichts für Lilith Hearthstone, aber ich werde sie mit Respekt behandeln. Es ist nicht Liliths Schuld, dass ich einen Fehler gemacht und das falsche Weibchen als meine Verlobte auserkoren habe. Da war ich wohl zu voreilig. Jetzt, wo sie vor mir steht und ich ihren Geruch einatmen kann, erscheint es mir ganz klar, dass sie nicht meine künftige Ehefrau sein kann.

Warum habe ich je etwas anderes gedacht?

11

ARIANA

Skolls Verlobte ist hier.

Grundsätzlich sollte mich das nicht im Geringsten stören. Er ist mein Boss, oder mein Klient – wie auch immer er das sehen will –, und wir sind nur zwei Menschen, die aus beruflichen Gründen zusammengeführt wurden. Ich helfe ihm bei diesem Projekt und werde dafür bezahlt. Er bekommt einen Abrüstungsplan, der unterschrieben und umgesetzt wird und ihm so die Regierung vom Hals schafft.

Offensichtlich will ich aber mehr als das. Okay, ich will unbedingt viel mehr als das und habe gerade herausgefunden, dass auch er mehr will. Aber nachdem überhaupt nicht klar ist, ob oder wann das passieren wird, akzeptiere ich die Situation vorerst. Wir wollen einander, aber wir sind beide rechtlich gesehen mit jemand anderem verlobt und können nur emotionale Gespräche, heiße Blicke und ein wenig Hautkontakt austauschen.

Wenn ich mich recht erinnere, hat Skoll heute allerdings versucht mir zu sagen, dass er mich irgendwann an sich binden und Babys mit mir haben will, oder nicht?

Aber erst muss er seine Verlobung auflösen. Ich habe keine Ahnung, wie das bei den Hyrrokinen abläuft, aber ich habe das Gefühl, dass es fast so knifflig ist, wie meine eigene Verlobung zu lösen.

Im Grunde hat Lilith herausgefunden, wie reich er ist, und jetzt will sie ihn doch. Außerdem scheint es ihr nicht zu passen, dass ich hier bin, weswegen sie nun ihr Revier markiert.

Schlampe.

Ich versuche, meinen Schock über ihre plötzliche Ankunft zu überwinden und ein Lächeln auf mein Gesicht zu zwingen. Das hier ist Skolls Dilemma, nicht meins. Ich habe meine eigenen Probleme mit meinem eigenen Verlobten. Ich kann mich nicht mit seinen *und* meinen Themen befassen. Der Kerl muss das selbst regeln. Es ist offensichtlich, dass er benutzt wird, aber es muss ihm selbst ein Licht aufgehen.

Objektiv zu wissen, dass jemand Skoll wie Dreck behandelt, ist eine Sache, es mit eigenen Augen zu sehen, eine andere.

Sie verbringt viel Zeit damit, ihm zu sagen, was sie mit seinem Geld machen wird.

„Wir könnten die offizielle Partnerschaftsdeklarations-zeremonie im königlichen Feuersaal abhalten."

„Glaubst du, ich könnte ein neues Luxusauto bekommen?"

„Wie wäre es, wenn wir in der Gemeinde ein neues Domizil bauen lassen, in der auch die Touchstones leben?"

„Wir sollten dem Feuerclub von Tarvos beitreten."

„Skoll", sagt Liliths Vater, „ich habe für nächste Woche einen Termin zum Abendessen vereinbart, bei dem du dich mit einigen meiner Investoren treffen kannst."

„Ich möchte in jeder eurer Residenzen eine eigene

Gästesuite haben", fügt ihre beste Freundin hinzu, „natürlich eingerichtet nach meinem Geschmack."

Skoll und ich stehen immer noch auf dem Parkplatz
und es ist erst … fünfzehn Minuten her, seit sie angekommen sind? Was denken diese Leute, wer sie sind? Oh
Mann, Lilith, ihr Vater und ihre Freundin haben in
Gedanken Skolls Geld bereits ausgegeben und sein Leben
für ihn geplant. Ist ihr klar, dass er ein Soldat ist? Ich kenne
Skoll erst seit ein paar Tagen, aber sogar ich habe mitge-
kriegt, dass er nicht der Typ ist, der gerne Geld ausgibt
und soziale Kontakte pflegt. Er ist eher ein Stubenhocker,
der an seiner Sammlung bastelt oder andere Wesen durch
seine Arbeit bei Geschmolzene Lava beschützt. Er
kümmert sich nicht um Geld, wichtig ist ihm nur, dass er
genug davon hat, um für seine Grundbedürfnisse
aufkommen zu können. Mir geht es da ganz ähnlich …

In dem Moment bemerke ich, dass dieser Hyrrokine
und ich uns ähnlicher sind als ich dachte. Wir mögen
äußerlich völlig unterschiedlich aussehen, aber wir haben
die gleichen Grundwerte, richtig?

Es stört ihn überhaupt nicht, dass ich laut, herrisch und
überdreht sein kann. Er kennt alle meine schlechten Eigen-
schaften und mag mich trotzdem. Und ich mag ihn
genauso, wie er ist und würde nichts an ihm ändern
wollen.

Ach, scheiß drauf. Wem mache ich etwas vor? Natürlich werde ich ihm helfen.

Ich sende einen Gruppen-Ping an Chloe und Avery mit
einer einfachen Nachricht: *Lilith ist hier.*

Ach, verdammt, antwortet Avery sofort. *Wir sind auf dem
Weg … Hannibal sagt, wir nehmen das Luftkissenfahrzeug. Voraus-
sichtliche Ankunft in dreißig Minuten.*

Ich lächle und beobachte die Szene, die sich vor mir
abspielt.

„Bäh, was ist denn *das*?", keucht Lilith. „Das riecht ja furchtbar."

„Das ist frischer Feuerfisch", schnauft Skoll, während er den schweren Korb von der Ladefläche seines Geländegefährts ablädt.

Zusammen gehen wir alle zur Jagdhütte. Rayfard Hearthstone geht neben Skoll und beginnt ein Gespräch über Geld. Lilith und ihre Freundin werden langsamer und schließen sich mir an, wobei es ihnen wichtig zu sein scheint, mich auf beiden Seiten zu eskortieren.

„Hör zu, du … du … Mensch …", faucht Lilith im Flüsterton und entblößt dabei ihre scharfen weißen Reißzähne. „Ich habe wie alle anderen das Video gesehen, in dem du hier halb nackt herumtanzt. Ich weiß, dass deine Spezies sich außerhalb einer Bindung lustpaart, und du versuchst, meinen zukünftigen Ehemann zu verführen, damit er mich fallen lässt und stattdessen dich zur Frau nimmt. Du bist hinter dem Geld her, aber ich bin hier, um zu holen, was mir zusteht. Skoll gehört *mir*, dieses Anwesen gehört mir, und das flüssige Gold genauso. Du kannst das Gold nicht für dich haben, denn er hat mich bereits zu seiner Verlobten ernannt."

Okay, da hat sie mich erwischt. Ich will Skoll auch, aber ich erwidere: „Ich schwöre, ich habe nicht so getanzt, um ihn zu verführen, und es tut mir leid, wenn es so aussah, denn das war nie meine Absicht. Ich war nur aufgeregt, diesen goldenen Regen zu sehen." Als hätte ich jemals gedacht, dass mich irgendjemand „anziehend" finden könnte, nachdem ich all die Jahre von meinem Vater ganz anders behandelt worden war? „Und ich bin definitiv *nicht* hinter seinem Geld her." Das ist die Wahrheit, bei Gott.

„Lügnerin", knurrt ihre zickige Freundin.

„Wie wäre es, wenn wir einen Deal machen?", fragt

Lilith: „Du überlässt ihn mir und ich gebe dir eine Million Credits."

Um Gottes willen, sie versucht, mich zu bestechen? Ich hätte nicht gedacht, dass sie noch tiefer in meiner Wertschätzung sinken könnte, aber doch tut sie es gerade. „Liebst du ihn?", frage ich.

„Liebe? Was hat denn Liebe damit zu tun?", schnaubt ihre Freundin und schüttelt den Kopf. „Sind Menschen dumm? Bist du schwerhörig? Nimm das Geld und verschwinde."

„Er wird mein rechtskräftiger Partner werden, das ist alles, was zählt", bestätigt Lilith. „Vater ist hier, um sicherzustellen, dass ich die Hälfte dieser flüssigen Goldmine bekomme. Ich kann Skoll als meinen Ehemann nehmen, und solange wir keinen Sex haben, und ich nicht beim Fremdgehen erwischt werde, kann ich alles irgendwann annullieren lassen und trotzdem mit der Hälfte seines Gewinns aus dieser Mine aussteigen. Also mach dir keine Sorgen, egal was passiert, ich kann dich bezahlen."

Oh, diese Betrügerinnen. Die beiden werden so was von *untergehen*.

„Ich kann nicht gehen", schaffe ich es, mit ruhigem Ton zu sagen. „Ich bin Skolls gerichtlich beauftragte Waffen-Managerin. Ich bin wegen eines Jobs hier und der Job ist noch nicht erledigt."

„Warum braucht Skoll eine gerichtlich beauftragte Managerin?", knirscht Eyeliss. „Warum bist du überhaupt hier? Ich verstehe das nicht."

Lilith packt mein Handgelenk und bohrt ihre silbernen Krallen in meine Haut. „Deinen *Job erledigst du* besser schneller als jeden anderen in der Geschichte der Hyrrokinen, oder ich werde dir das Leben zur Hölle machen."

Skoll bleibt stehen und dreht sich um. „Lilith? Gibt es ein Problem?"

Sie lässt meinen Arm los und zieht ein breites Lächeln auf. Ihre Stimme ist plötzlich zuckersüß. „Nein, Skoll, kein Problem, ich habe nur deiner Managerin ein paar Fragen gestellt." Dann stürmt sie auf ihn zu, stellt sich auf die Zehenspitzen und versucht, ihm einen Kuss zu geben. Skoll fällt praktisch auf seinen Hintern, als er sich verrenkt, um von ihr wegzukommen. Er sieht wirklich entsetzt aus bei dem Gedanken, dass seine Lippen die ihren berühren.

Ein verruchtes Lächeln huscht über mein Gesicht.

Weniger als dreißig Minuten später landet vor dem Gebäude ein Luftkissenfahrzeug.

„Was ist das?", fragt Lilith.

Dein schlimmster Alptraum.

Eine Tür öffnet sich und Chloe, Avery und die beiden Ehemänner steigen aus. Die ganze Gang ist hier. Jetzt bringen wir diese Schlampen zur Strecke.

Liliths Vater ist sichtlich beeindruckt von der Ankunft dieser anderen Mitglieder des Teams Geschmolzene Lava. Ich öffne die Tür, damit Skolls Freunde eintreten können, und Rayfard stürmt direkt auf sie zu. „Bergelmir Touchstone und Hannibal Hellstone …", schwärmt er und schüttelt beiden die Klauen.

„Warum bist du so früh hier?", höre ich Skoll leise in Hannibals Richtung knurren. „Ich dachte, du würdest erst morgen kommen."

Hannibal antwortet etwas und zeigt auf mich. Skoll sieht mich an, unsere Blicke treffen sich und Rauch wabert aus seinen Nasenlöchern. Oh, oh, er stapft mit hocherhobenem Schweif auf mich zu, der tödliche Stachel peitscht durch die Luft. Und das Schlimmste daran? Diese wütende Version von Skoll Strikestone ist verdammt sexy.

Skoll zerrt mich den Flur entlang in sein Schlafzimmer. Er knallt die Tür zu, ohne sich darum zu scheren, dass jeder gesehen hat, wie wir das Vorzimmer verlassen haben. Er stützt seine mächtigen Arme über meinem Kopf an der Wand ab und lehnt sich dicht an mich heran. „Was machst du da?", knurrt er.

Ich hebe mein Kinn und versuche, seinen durchtrainierten Bizeps, seine weiß glänzenden Reißzähne und den Druck seines harten Schwanzes gegen meinen Bauch zu ignorieren. „Du gehörst zu mir und ich kämpfe für das, was mir gehört. Ich werde nicht zulassen, dass sie dich so behandelt."

Er greift nach oben und umschließt mein Gesicht mit einer großen, rauen Klaue. „Ariana …" Seine Stimme wird weicher. „Ich habe bereits alles geplant. Lass mich das auf die richtige Art und Weise regeln. Ich kann sie nicht in der Öffentlichkeit demütigen, das wäre falsch. Das hat sie nicht verdient …"

„Du hast keine Ahnung, was für eine Schlampe sie wirklich ist", zische ich. „Du bist zu nett und sie wird dich ausnutzen."

„Skoll?", trällert eine unangenehm hohe Stimme aus dem vorderen Zimmer. „Wo bist du, Schätzchen?"

Ich balle meine Fäuste. „Lass mich das für dich erledigen", sage ich. „Ich bringe sie zur Strecke."

„Nein. Es ist nicht ihre Schuld, dass ich mich in eine andere verliebt habe. Ich bin schuld, weil ich mich auf ein Weibchen eingelassen habe, das offensichtlich nicht zu mir passt. Ihr Vater ist hier, ebenso wie ihre beste Freundin. Gib mir Zeit, unsere Beziehung so zu beenden, dass es ihr möglichst wenig Kummer bereitet."

Er hat sich verliebt? Meine Finger ruhen auf seinem schweren Gürtel, streichen über die heiße Haut seiner straffen Bauchmuskeln. „Du liebst mich?", würge ich.

„Ariana, ich liebe dich, seit ich dich kennengelernt habe."

Oh, dieser Mann. Er hat keine Ahnung, was er da gerade entfesselt hat.

Jetzt werde ich ihn nie wieder loslassen.

SKOLL

„Du wirst Lilith mit Respekt behandeln", befehle ich meinem bildhübschen Weibchen.

Sie verdreht ihre dunklen ausdrucksstarken Augen, nickt aber mit dem Kopf.

„Das ist ein direkter Befehl", warne ich sie, wohl wissend, dass sie kompliziert sein kann, „und ich erwarte, dass er befolgt wird, oder es wird die Hölle los sein."

„Okay … okay."

Dann öffne ich die Tür und zwinge mich, sie zurückzulassen. Ich verlasse den Raum, während Ariana erst ein paar Minuten später nachfolgt und in die entgegengesetzte Richtung geht.

Die Beruhigungstechniken aus dem Konfliktlösungskurs helfen mir, meine Atmung zu verlangsamen und das lodernde Feuer in meinem Bauch zu bändigen. Wie kann ich mich zurück zu den Gästen gesellen, die eben in meiner Hütte angekommen sind, ohne den Verstand zu verlieren, weil ich mich so sehr nach einer Lustpaarung mit diesem Menschenweibchen sehne? Alles, was ich will, ist mein Weibchen, nackt, in meinem Bett. Warum ist das so schwierig?

Ich schnappe mir den Korb mit den Fischen und stapfe nach draußen.

Hannibal gesellt sich zu mir an die Feuerstelle. Wir nehmen den Fisch aus und grillen ihn nach alter Hyrroki-nen-Art. „Morgen wird das alles vorbei sein", erinnert er mich. „Alles ist vorbereitet. Du musst nur noch einen Tag abwarten …, es sei denn …"

Meine Klaue zieht sich um das blutige Messer zusam-men, das ich in der Hand halte: „Es sei denn … was?"

„Es sei denn, sie beruft sich auf die Wartezeit."

Mein Kiefer krampft sich zusammen. „Welche *verdammte* Wartezeit?"

„Bleib ruhig. Sie wird selten benutzt", erklärt Hannibal. „Vielleicht weiß sie gar nicht, dass es diese Möglichkeit gibt."

Ich schaue zu Rayfard Hearthstone, der sich gerade mit Cap über den genauen Marktwert von flüssigem Gold unterhält. „Oh, ich bin sicher, sie weiß es. Aber solange Lilith hier ist, werden wir sie alle mit Respekt behandeln. Ich bin der Hyrrokine, der die falsche Frau zu seiner Verlobten gemacht hat. Das wird auch für sie schwierig sein und ich möchte sie vor weiteren Peinlichkeiten bewahren."

„Was ist, wenn Lilith heute Nacht in deinem Bett schlafen will?", stichelt Hannibal. „Was ist, wenn sie verlangt, dass du dich mit ihr lustpaarst? Was wirst du dann tun?"

Ein unerwarteter Würgereflex schnürt mir die Kehle zu. Allein die Vorstellung davon ist ekelhaft. Die einzige Frau, die mich jemals anfassen soll, ist Ariana Gonzalez.

Hannibal wirft den Kopf zurück und lacht laut auf.

Ich schaue mich um, um herauszufinden, wo sich das

Weibchen aufhält, dem ich aus dem Weg gehen will, und sehe, dass sich die drei Menschenfrauen um Lilith und Eyeliss scharen und sich angeregt unterhalten. Ich weiß es zu schätzen, dass die Menschen die beiden Weibchen beschäftigen. Was ist, wenn Lilith erneut versucht, mich zu küssen?

Ich schweige und nehme einen weiteren Stachelfisch aus. „Ich weiß, du hast nie geglaubt, dass Lilith die Richtige für mich ist", bemerke ich.

Hannibal nickt. „Das habe ich nicht, aber es war deine Entscheidung. Das Menschenweibchen, das mit dir arbeitet und lebt, wird eine gute Ehefrau sein. Sie ist stark und mutig."

„Das ist sie", stimme ich zu.

„Chloe und Avery halten beide große Stücke auf sie."

Ich schaue zu meinem schönen Weibchen hinüber. Die Sonne ist untergegangen und wir befinden uns alle draußen auf der Terrasse hinter meiner Hütte. Ihr Gesicht leuchtet im flackernden Licht der Feuerstelle. Ich bin glücklich, sie zu haben.

Endlich ist das Essen fertig, und alle setzen sich an den großen Steintisch, den die Strikestones für Versammlungen benutzen. Es ist viele Planetenumdrehungen her, dass ich hier jemanden außer meiner Großfamilie bewirtet habe. Als ich mich setzen will, höre ich seltsame Geräusche. Lilith zischt, als Ariana sich hereindrängt und mutig neben mir Platz nimmt. Dann bemerke ich Avery auf meiner anderen Seite. Lilith und Eyeliss grummeln und setzen sich mir gegenüber an die andere Seite des Tisches.

Noch nie in meinem Leben war ich bei Frauen so beliebt.

„Das ist der leckerste Fisch, den ich je in meinem Leben gegessen habe", murmelt Ariana und schiebt sich mehr davon in den Mund. „Wo hast du gelernt, so gut zu kochen?"

Ich wünschte, ich könnte sie auf meinen Schoß ziehen und sie direkt aus meiner Klaue füttern. Sie muss mehr essen. „Meine Mutter hat es mir beigebracht. Ich koche für das Team auf Auswärtsmissionen", erkläre ich. „Ich bin derjenige, der dafür sorgt, dass wir entweder Vorräte, einen mobilen Essensspender oder echtes Essen aus der Umgebung haben. Es kommt darauf an, wo wir stationiert sind."

„Ich liebe es, wie du diesen Fisch gegrillt hast", schließt sich Avery an, „und diese Soße ist fantastisch."

„Es ist ein geheimes Strikestone-Rezept", antworte ich stolz.

„Na ja, es schmeckt ganz gut", sagt Eyeliss und spuckt eine Gräte aus, „aber ich hatte schon bessere."

Lilith stochert in dem Essen auf ihrem Teller. „Ich hasse Fisch", murmelt sie.

DREI STUNDEN später schaffe ich es endlich in das alte Nebengebäude, in dem mein Weibchen heute Nacht schläft. Es ist das bevorzugte Schlafquartier meiner Cousins ersten Grades. Das Team Geschmolzene Lava und ihre Ehefrauen haben das Luftkissenfahrzeug benutzt, um in ihre eigenen Domizile zurückzukehren. Morgen ist der dritte Tag des Neumondzyklus und dann werden sie zurückkommen, damit wir die Aufhebung meiner Verlobung durchführen können.

Kurz nachdem sie gegangen waren, bekam Lilith einen Anfall und erklärte, die Zimmer in der Jagdhütte seien für sie selbst, ihren Vater und ihre Freundin bestimmt, weshalb mein Weibchen in einem Nebengebäude schlafen müsse. Ich selbst habe vor, auf dem Dachboden des Carports zu schlafen.

Aber zuerst muss ich Ariana besuchen, um sicherzustellen, dass es ihr gut geht.

Ich klopfe an die Tür, die sich blitzschnell öffnet. Vor
mir taucht das schockierte Gesicht meines Weibchens auf.
„Skoll, was machst du denn hier draußen?" Sie schaut
hinter mich. „Wo ist Lilith?"

„Sie hat mit ihrer Freundin und ihrem Vater mein
Versteck mit feinem Hyrrokinen-Alkohol gefunden",
erkläre ich.

„Oh, oh."

„Ja. Ich habe es ihnen überlassen und bin mit den
Kätzchen hinausgegangen. Ich glaube nicht, dass
jemandem aufgefallen ist, dass ich nicht mehr da bin. Die
beiden Weibchen haben die Musik laut aufgedreht und
begonnen, sich gegenseitig zu Shots herauszufordern.
Rayfard ist damit beschäftigt, mein hundert Jahre altes
Lava-Ale zu trinken und das Kleingedruckte in dem
Vertrag durchzugehen, den ich mit der Minengesellschaft
abgeschlossen habe. Darf ich reinkommen?"

„Hältst du das für klug?"

Ich hebe meine Arme, um ihr besser zeigen zu können,
was ich dabeihabe. „Nein. Aber ich habe Snack und Häppchen mitgebracht. Sie vermissen dich. Sie sind es leid, sich
in meinem Zimmer verstecken zu müssen, solange wir
Besuch haben."

Wir starren einander an, bis sie schließlich – hauptsächlich, weil ich die Kätzchen mitgebracht habe –, zur
Seite tritt.

Die Tür schließt sich hinter uns. Der Raum ist klein.
Ariana starrt sehnsüchtig auf meine Brust, meinen
Hintern und den Umriss meines harten Schwanzes unter
dem Stoff meiner Hose. Ich kann ihre starke Erregung in
diesem kleinen Raum riechen und dieser Duft macht mich
verrückt. Das Bett ist zwar groß genug für uns beide, aber

trotzdem zu klein, um bequem darin schlafen zu können. Ich reiche ihr ein Kätzchen. „Lass uns raus auf die Terrasse gehen", grunze ich.

Sie nickt und wir gehen gemeinsam nach draußen.

„Ich habe uns auch etwas Lava-Ale mitgebracht."

„Ooh."

Letztendlich sitzen wir bei Vollmond auf zwei gemütlichen Stühlen nebeneinander und spielen mit den beiden Kätzchen unter dem weiten Sternenhimmel. Ich mache Feuer und strecke ihr eine kalte, offene Flasche entgegen. „Ich bin stolz darauf, wie du es geschafft hast, heute Abend höflich gegenüber Lilith zu bleiben."

Sie nimmt einen Schluck Ale. „Danke, dass dir das aufgefallen ist. Ich verdiene einen Orden für diese Leistung. Diese Frau und ihre Freundin können mehr Müll von sich geben als jedes andere Wesen in den ganzen vier Sektoren. Nur für *dich* habe ich eine solche Selbstbeherrschung an den Tag gelegt."

Ich grinse und trinke mein eigenes Lava-Ale.

Wir reden stundenlang.

Sie erzählt mir alles über ihre schwierige Beziehung zu ihrem Vater. Ich erzähle ihr vom Tod meiner Eltern und dem Schmerz darüber, dass meine Schwester darauf besteht, auf Distanz zu bleiben.

Dann vertraue ich ihr etwas an, das ich noch niemandem erzählt habe.

„Ich vermute, dass meine unbändige Wut während des ‚Vorfalls' das Ergebnis aufgestauter Aggressionen von einer früheren unvollendeten Mission ist. In der letzten Regenzeit sollten Fenrir und ich Caps Ehefrau und seinen Sohn beschützen, aber stattdessen haben Söldner unser Fahrzeug in die Luft gejagt und wir beide erlitten ein paar Knochenbrüche. Der medizinische Dienst konnte mein Bein zwar schnell heilen, aber ich war immer noch wütend darüber, dass ich von rangniederen Söldnern ausgeschaltet worden war, die dann zu Avery vordringen konnten. Es war mein Job, sie zu beschützen, und das habe ich nicht getan."

„Hat Cap oder jemand aus deinem Team dir die Schuld dafür gegeben? Hast du Fenrir die Schuld gegeben?"

„Nein."

„Also gibst nur du dir die Schuld dafür?"

„Ja."

„Vielleicht fühlst du dich besser, wenn du weißt, dass Avery diesen Vorfall mir gegenüber erwähnt hat. Sie sieht es ganz anders. Avery betrachtet dich als einen der Männer, die ihr das Leben gerettet haben. Sie sagte, du und Fenrir wart der Grund dafür, dass die Söldner nicht so viele Bomben legen konnten wie ursprünglich geplant, und so war sie in der Lage, Hannibals Sohn zu retten. Sie sieht dich als einen der Männer, die ihr das Leben gerettet haben …, genau wie ich. Du hast auch mein Leben gerettet, Skoll, und ich werde dir ewig dankbar dafür sein. Du bist mein Held, weißt du das nicht?"

Unsere Stühle stehen sehr nahe beieinander. Ich strecke die Hand aus und tippe mit meinen Krallen gegen ihre stumpfen Fingerspitzen.

Sie schnappt nach Luft.

Ich kann im flackernden Feuerschein sehen, wie schnell sich ihre Brust hebt und senkt. Ich liebe die Form ihrer Beine und ihre breiten, kurvigen Hüften. Es tröstet mich zu wissen, dass dieses Weibchen nicht unter meiner rasenden Hyrrokinen-Lust zerschmettert werden würde. „Ist es das, was du für dich willst?", frage ich. „Kannst du die Gesellschaft eines älteren Hyrrokinen-Soldaten ertragen, der Aggressionsbewältigungsprobleme hat und antike

Waffen hortet? Es gibt nicht viele Frauen, die es bisher mit mir aufnehmen wollten."

„Ich glaube, ich schaffe das", bestätigt sie.

Meine Stimme wird tiefer. „Bald …", sage ich zu ihr, „sehr bald."

„Ich weiß."

„Ariana?"

„Ja?", haucht sie.

„Passt du heute Abend auf die Kätzchen auf?", frage ich.

Sie wirft den Kopf zurück und lacht. „Natürlich, das werde ich", antwortet sie. „Natürlich."

FRÜH AM NÄCHSTEN Morgen kehre ich zu meiner Hütte zurück und finde ein riesiges Durcheinander vor, das Lilith und ihr Gefolge hinterlassen haben. Mein Zuhause riecht wie eine Soldatenbar. Leere Schnapsgläser säumen den Tisch. Mein gesamtes Regal mit Alkohol wurde geplündert, viele Flaschen wurden zerbrochen und auf dem Boden verschüttet. Knabberzeug ist über die Stühle und die Couch verstreut.

Ariana kommt leise herein.

„Oh nein", beschwert sie sich. „Sieh nur, was sie getan haben. Igitt, der Boden ist klebrig. Und ist das … oje … ist das Erbrochenes?" Sie legt eine Hand auf ihren Mund, dann tritt sie näher, tätschelt meinen Unterarm und reicht mir die Kätzchen. „Ist schon gut, Skoll, das lässt sich beheben. Es sieht nicht so aus, als hätten sie irgendeines deiner Artefakte angefasst. Du kannst anfangen, Frühstück zu machen, ich programmiere den Reinigungsroboter und dann haben wir das im Nullkommanichts aufgeräumt."

Ich atme erschüttert aus, nehme sowohl Snack als auch Häppchen mit in die Küche und setze die beiden dort ab.

Gemeinsam stimmen sie einen Chor von zartem Miauen an und reiben sich an meinen Knöcheln, während ich Fleisch zerkleinere und sie damit füttere. Snack frisst aus seinem roten, Häppchen aus seinem lila Napf. Dann brühe ich Neue-Erde-Kaffee für mein Menschenweibchen auf und bereite einen Sud aus Traq für meine Besucher vor, von dem ich annehme, dass er dringend benötigt wird.

Als ich mich mit zwei Tellern Frühstücksfleisch für mein Weibchen und mich umdrehe, sieht der ganze vordere Wohnbereich bereits aus wie immer. Die Luft riecht frisch und der Putzroboter ist eifrig dabei, die Böden zu polieren. Ariana hat meine gesamte Sammlung von Pfeilen in einer Reihe von Behältern nach Größe und Gewicht sortiert.

„Siehst du? Alles wieder beim Alten", sagt sie.

Wir sitzen gemeinsam am Tisch und essen. Ich schätze es, wie sie alles verschlingt, was ich für sie zu bereite, und wie sie jeden Bissen genießt. „Du bist so ein guter Koch", sagt sie immer. Mein Menschenweibchen wäscht ihre kleinen Hände und schaut auf die Uhr. „Macht es dir etwas aus, wenn ich etwas arbeite, während wir darauf warten, dass sie aufwachen?"

Ich verneine und wir setzen uns zusammen vor die Feuerstelle, wo ich eine Flamme entfache, um ein beruhigendes Feuer anzuzünden. Dann ziehe ich einen Speer heraus, den ich schon lange aufpolieren wollte. Ariana stützt ihr Tablet auf ihrem Schoß ab. Wir arbeiten Seite an Seite. Snack und Häppchen klettern an meinen Hosenbeinen hoch und klammern sich an meine Arme. Sie sind bezaubernd.

Irgendwann am Vormittag stolpern schließlich unsere drei Gäste aus ihren Zimmern.

„Guten Morgen, mein Schatz", ruft Lilith und beugt sich herunter, um mir einen Kuss auf die Wange zu geben.

Ich schneide eine Grimasse und ziehe mich zurück, um den penetranten Geruch von Alkohol in ihrem Atem nicht riechen zu müssen. Es ist schon recht spät. Eigentlich wollte ich mit Lilith, ihrem Vater und ihrer besten Freundin heute Morgen eine Tour durch die verschlossene Flüssiggoldmine machen, aber jetzt, wo sie so lange geschlafen haben, wird das nicht passieren.

Genau in dem Moment kommt nämlich das Luftkissenfahrzeug draußen an.

Arianas Augen beginnen zu leuchten. „Ist es so weit?", fragt sie.

„Es ist so weit", stimme ich zu.

„Wofür?", fragt Rayfard.

Ariana öffnet die Haustür und Hannibal und Cap treten ein.

Just in diesem Moment stolpern Lilith und ihre beste Freundin über die Kätzchen. Snack und Häppchen versuchen wegzulaufen, um sich unter einem Stuhl zu verstecken, sind aber nicht schnell genug.

„Was sind das für Kreaturen?", schreit Eyeliss angewidert auf. „Wie sind die denn hier hereingekommen? Wollen die mich etwa beißen?"

„Diese Plagegeister sind grässlich", zischt meine Verlobte, „ich werde mich darum kümmern." Sie packt Snack am Schwanz und fängt an, ihn gegen die –

Ich packe ihren Arm.

„Was machst du da?", schreit Lilith. „Lass mich los."

Ich reiße ihr unseren wimmernden Schatz aus der Klaue und streichle sanft seinen winzigen Körper, um mich zu vergewissern, dass er sich durch Liliths grobe Behandlung nichts gebrochen hat oder verwundet ist. Dann hebe ich meinen Kopf und starre das Weibchen mit einem tiefen Knurren an. Eine Stichflamme entweicht mir.

Sie macht einen Schritt zurück. „Skoll? W…was ist los?

Ich habe mich gerade für dich um diesen Schädling gekümmert …"

Ich wiege das winzige Tierchen sanft an meine Brust. „Lilith, du bist nicht länger meine Verlobte", sage ich langsam. „Ich erkläre unsere Absicht, uns zu binden, für ungültig. Wir sind nun beide frei, eine einen anderen Partner zu finden."

Lilith liebt mich nicht; sie hat mich nie geliebt. Und jetzt, wo ich weiß, was Liebe eigentlich ist, weiß ich, dass ich sie auch nie geliebt habe. Traurigerweise war ich bereit, mich mit der ersten Frau zu begnügen, die mich halbwegs anständig behandelt hat. Leider habe ich das erst jetzt erkannt.

„Du trennst dich von mir? Was glaubst du eigentlich, wer du bist?", kreischt meine ehemalige Verlobte.

„Ich bin der Mann, der sich dein Verhalten nicht länger gefallen lassen wird. Runter von meinem Anwesen."

„Das kannst du nicht machen", ruft ihr Vater und eine schwache Rauchfahne weht aus seinen Nüstern. „Lilith ist die Frau, die du vor Gericht zu deiner Partnerin machen wirst."

„Das kann ich sehr wohl."

Genau in diesem Moment tritt Cap vor und übergibt Lilith Hearthstone das rechtskräftige Schreiben. Sie ist nun mündlich informiert worden und hat gleichzeitig einen Ausdruck der Auflösungserklärung erhalten. „Ich bin ein notariell beglaubigter, unparteiischer Richter, und mein Honorar wurde bereits am Bezirksgericht im Voraus bezahlt", erklärt Cap.

„Und heute ist der dritte Tag eines neuen Mondzyklus", füge ich hinzu.

Rayfard entreißt Lilith das Schreiben und prüft den Text. Er lässt die Schultern hängen. „Es ist vorbei", sagt er zu seiner Tochter. „Die Auflösung eurer Verlobung wurde unter Einhaltung aller gesetzlichen Vorgaben vollzogen."

„Verdammt noch mal", ruft Eyeliss und tritt gegen einen Stuhl.

Lilith blitzt mich durch Augen, die nur noch wütend zusammengekniffene Schlitze sind, an. „Na schön", sagt sie, „wie du willst. Aber ich verlange hiermit die sechswöchige Wartezeit."

Ich schließe den Mund und nicke knapp. Es ist ihr Vorrecht und ich muss es akzeptieren.

„Wir gehen", ruft Rayfard Hearthstone den beiden Weibchen zu, die er mitgebracht hat. „Steigt in das Fahrzeug. Wir reisen ab."

Lilith grinst, holt ihre Koffer und geht zum Parkplatz. Wenig später haben sie alles in ihr Luxusfahrzeug geladen und ich beobachte, wie es die zerfurchte Straße entlangfährt und außer Sichtweite abbiegt.

Und dann ist sie weg.

Ich habe keine Verlobte mehr.

Trotzdem kann ich Ariana die nächsten sechs Wochen lang noch nicht offiziell zu meiner neuen Partnerin machen. Lilith hat das Recht, eine Wartezeit auszurufen.

„Verdammt, ich bin so froh, dass Lilith Hearthstone jetzt jemand anderen unglücklich machen kann. Und Gott sei Dank hat sie ihren hochnäsigen Vater und ihre zickige beste Freundin gleich mitgenommen", bemerkt mein Weibchen.

Dem kann ich nicht widersprechen.

13

ARIANA

Skoll schreitet zum Herd, nimmt das gerahmte Bild von Lilith vom Kaminsims und wirft es in das lodernde Feuer.

Ich begegne seinem finsteren Blick.

„Du gehörst mir", knirscht er und seine Stimme trieft vor Emotionen, „aber wir müssen die nächsten sechs Wochen keusch bleiben. Lilith hat sich auf die Wartezeit berufen. Wenn ich dieses Gelübde breche, kann sie mich rechtlich auf die Hälfte von allem verklagen, was ich besitze, und sie wird gewinnen."

„Es stimmt, du musst dich weiterhin so verhalten, als wärst du einer anderen verpflichtet", sagt Hannibal. „Deine Ehre wird während dieser Zeit der extremen Entbehrung auf die Probe gestellt, aber du wirst es schaffen."

Oh, verdammt. Skoll und ich müssen weitere sechs Wochen warten, bevor wir zusammen sein können? Wie soll ich das nur überleben?

Chloe und Avery starren mich beide an, als wäre ich eine wandelnde Leiche.

Ich hebe mein Kinn. „Ich schaffe das", erkläre ich, denn Lilith wird auf keinen Fall gewinnen.

Niemals.

Eine Woche später ...

Eingeständnis: Diese beschissene „Warterei" ist viel schwieriger, als ich ursprünglich dachte.

Skoll und ich wachen in getrennten Schlafzimmern auf, treffen uns dann jeden Morgen in der Küche und frühstücken gemeinsam. Wir sind ständig zusammen und das macht mich verrückt, und diese ständige Nähe macht mich noch verrückter. Egal, ob wir arbeiten oder irgendwo hingehen, er ist immer bei mir. Und die Tatsache, dass er mich immer noch als seine „gerichtlich angeordnete Managerin" bezeichnet, stört mich auch.

Das Schlimmste sind jedoch die Abende.

Ich möchte mit dem Mann, den ich liebe, im selben Bett schlafen und mit ihm kuscheln, aber Skoll besteht darauf, dass wir in getrennten Zimmern bleiben, denn wenn ich in seinem Bett liegen würde, würde er mir „das Hirn raus vögeln".

Jedes Mal, wenn ich an diese Aussage denke, werden meine Brustwarzen hart und ich werde sofort feucht zwischen meinen Schenkeln.

Ich habe ihm schon vorgeschlagen, für die Dauer dieser Wartezeit im Nebengebäude zu schlafen, um es für uns beide einfacher zu machen, doch Skoll ging bei dieser Idee in an die Decke und somit war das keine Option. Also gehen wir jede Nacht getrennte Wege. Wir teilen uns die Jagdhütte, schlafen aber in getrennten Zimmern am Ende des Flurs.

„Ich nehme Snack mit in mein Zimmer", sagt er am

ersten Abend, „und du nimmst Häppchen mit in deins, so haben wir beide ein Kätzchen zum Schlafen."

„Aber dann sind die Babys getrennt und schreien, weil sie das nicht wollen", sage ich und stelle mir vor, dass sie genauso traurig wären, voneinander getrennt zu sein, wie ich es bin, Skoll nicht bei mir zu haben.

„Ich glaube nicht, dass sie es überhaupt bemerken werden."

„Natürlich werden sie das!"

„Frauen …", seufzt er.

„Skoll", schmolle ich.

Schließlich gibt er mir die beiden Kätzchen, deckt mich auf dem schmalen Bett im Gästezimmer zu, küsst mich auf die Stirn und schließt die Türe hinter sich, als er den Raum verlässt. So wie jede Nacht.

Verdammt.

ZWEI WOCHEN SPÄTER …

Ich beobachte Skoll, der mit seinen silbernen Krallen eine Reihe von Markierungen in einen Holzstapel ritzt, den er neben der Feuerstelle aufgebaut hat.

„Was soll das werden?", frage ich.

„Ich zähle die Tage, bis ich deine Schenkel spreizen und meinen Schwanz in deiner jungfräulichen Muschi versenken kann."

„Oh", hauche ich.

DIE DRITTE WOCHE der Hölle auf Erden …

Skoll wird immer mürrischer.

Oder bin ich jetzt der Griesgram?

Ich weiß es nicht!

„Warum siehst du mich so an?", schimpfe ich. Er starrt

schon wieder auf meine Brüste und meinen Hintern.

Er stapft den Flur entlang und drängt mich zurück an die Wand. „Warum provozierst du mich jeden Tag so?", fragt Skoll.

„Dich provozieren? Ich trage nur die gleiche Art von Kleidung, die alle Hyrrokinen-Weibchen tragen."

Er beugt sich herunter und leckt mit seiner langen, gespaltenen Zunge vorsichtig über meine Schulter. „Andere Frauen sehen in ihrer Kleidung nicht so aus. Du machst irgendetwas anders. Du willst dich nur mit mir lustpaaren, aber du willst nicht wirklich eine Strikestone werden."

„Was ist dein Problem? Du bist derjenige, der Lilith gebeten hat, eine Strikestone zu werden. Du sagtest, sie würde sogar die Mutter zukünftiger Strikestones werden. Soll das bedeuten, dass du nächstes Jahr eine andere kennenlernst und bemerkst, dass sie deine ,echte' Bestimmung ist, und mich dann auch abservierst?"

„Was ist los mit dir?", schreit er.

„Ich kann dich nicht haben, das ist es, was mit mir los ist", nörgle ich zurück, „ich lebe von diebischen Blicken und gelegentlichem Hautkontakt. Es bringt mich um."

„Nun, du bist diejenige, die immer noch verlobt ist. Ich habe meine Verlobung gelöst, warum kannst du das nicht auch mit deiner tun?"

„Ich versuche es ja! Du weißt genau, dass ich es versuche. Du bist derjenige, der diese verdammte ,Wartezeit' auferlegt bekommen hat. Ohne sie könnten wir jetzt Sex haben."

„Nein, das könnten wir nicht, denn du bist noch vergeben und das ist unehrenhaft."

Ich knirsche mit den Zähnen, weil er recht hat und ich es hasse, ihm auch noch beipflichten zu müssen.

„Hier, nimm die Kätzchen", sagt er und schiebt mir die

Babys in die Arme.

„Okay", schnaufe ich.

„Ich liebe dich", sagt er.

„Ich liebe dich auch", antworte ich, werfe ihm einen Kussmund zu und schließe meine Zimmertür.

WOCHE NUMMER VIER …

Es ist nun vier Wochen her. Ein ganzer Mondzyklus ist vergangen und ich kann Skoll immer noch nicht berühren, nicht einmal küssen … nichts. Aber wenigstens sind wir immer zusammen und ich fange an zu begreifen, dass das das Wichtigste ist.

Richtig?

Ich bin in einer wöchentlichen Besprechung mit Skoll, sowie einem Vertreter der hyrrokinischen Gesellschaft für Geschichte, dem Leiter des Bergbauteams und dem neuen Waffenkurator, den wir eingestellt haben. Wir sitzen alle am Küchentisch in der Jagdhütte.

„Die Lagerhalle von Mr. Strikestone muss zum Hauptquartier des Minenbetriebs umfunktioniert werden", erklärt der ruppige Bergbau-Experte „All diese alten Waffen werden zu nahe an der offenen Mine aufbewahrt und könnten durch Schaden nehmen."

Ach herrje. Ich schaue zu Skoll hinüber, um seine Reaktion zu sehen, die erstaunlich gelassen ausfällt. Er muss es schon geahnt haben.

„Wir müssen die Sammlung an einen neuen Standort verlegen", sagt das Weibchen von der Gesellschaft für Geschichte, „hier sind die Architekturpläne für ein neues Museum im Stadtzentrum …"

Ein Klingeln ertönt auf meinem Tablet.

Dieses Meeting ist superwichtig, aber ich beschließe, den Anruf entgegenzunehmen, weil er noch wichtiger zu sein scheint. Ich flüstere Skoll eine kurze Entschuldigung ins Ohr und gehe nach draußen, um den Videoanruf zu beantworten.

Dann tippe ich auf den Bildschirm und mein Erzfeind, mein „Pseudo-Verlobter", erwacht zum Leben.

„Ich habe dich gefunden", sagt Antonio Flores mit süffisantem Tonfall.

Ich lache laut auf. Das ist der Notfall? Er denkt, etwas Erstaunliches geleistet zu haben? Seine Anwälte haben die ganze Zeit über gewusst, wo ich bin. „Naja vielleicht hast du mich ja gefunden …", sage ich, „…, weil ich überall in den vier Sektoren in diesem Video zu sehen war, das sich so rasant verbreitet hat?"

Er zuckt mit den Schultern. „Der Punkt ist, dass ich dich gefunden habe und jetzt befehle ich dir, mit diesem Unsinn aufzuhören und nach Hause zurückzukehren. Ich habe das Datum für unsere Hochzeit festgelegt. Sie findet nächste Woche statt."

„Du erteilst mir einen Befehl?" Pah. Das einzige Wesen, das mich herumkommandieren darf, ist Skoll, und auch das nur unter besonderen Umständen. Früher habe ich mir mein Leben von Antonio diktieren lassen, aber jetzt nicht mehr. Nie mehr. „Antonio, du musst loslassen und mit deinem Leben weitermachen. Es ist vorbei. Wir werden niemals zusammen sein." Nicht, dass wir je wirklich zusammen waren, aber darum geht es gerade nicht.

„Wenn du nicht nach Neue Erde zurückkehrst und mich nächste Woche heiratest, beschlagnahme ich das Haus deiner Familie und feuere alle Angestellten, sodass sie keine Bezüge oder Rentenansprüche mehr haben."

Jetzt macht er mich wütend. „Willst du mich erpressen?"

Er verschränkt die Arme.

„Das ist es, was du dir wünschst? Eine lieblose Ehe?"

„Ich will das Geld und die Macht, die mir versprochen wurde."

„Ich habe dir das nicht versprochen, du hast diese Pläne mit meinem Vater gemacht und jetzt ist er tot. Ich wollte nie etwas damit zu tun haben. Du bekommst das Geld wohl ebenso wenig wie ich. Das bedeutet nicht, dass deine Karriere vorbei ist, es könnte nur länger dauern, bis du erreichst, was du anstrebst. Und am Ende wird es befriedigender sein, weil du weißt, dass du es allein geschafft hast."

Er kneift seine Augen zusammen. „Ich habe deinen Staatsbürgerschaftsstatus in der intergalaktischen Daten-bank gesperrt und dich damit rechtlich gesehen zu meiner Partnerin erklärt."

„Was ist das für ein Schwachsinn? Antonio, es ist egal, womit du mir drohst, ich sage dir, dass wir nicht heiraten werden. Ich bin in ein Hyrrokinen-Männchen verliebt. Sein Name ist Skoll Strikestone und sobald ich aus dieser falschen Verlobung mit dir raus bin, werde ich ihn heiraten."

Er sieht entsetzt aus. „Du heiratest diesen roten Teufel aus dem Video? Den, der das flüssige Gold auf seinem Grundstück gefunden hat?"

Ich stoße einen verträumten Seufzer aus: „Ja."

„Wenn du mich nicht heiratest, bekommst du keinen Zugang zu deinem Erbe", knurrt er, „aber ich schätze, das ist dir egal, weil du so oder so ein Vermögen bekommst. Das muss schön sein, nachdem der Rest von uns für das, was wir wollen, tatsächlich arbeiten muss."

„Du arbeitest nicht für das, was du willst, du benutzt Erpressung."

Wir halten beide inne und starren einander an.

„Antonio, ich heirate Skoll nicht, weil er ein Milliardär ist. Wahrhaftig ist das nicht der Grund. Ich heirate ihn, weil ich ihn liebe und er ein guter Mann ist. Ich kann mich glücklich schätzen, ihn als meinen Ehemann und den Vater meiner Kinder an meiner Seite zu haben. Als ich Neue Erde verlassen habe, wusste ich, dass ich damit auch mein Erbe zurücklasse. Mir war klar, dass ich es nie zurückbekommen würde, weil ich dich niemals heiraten werde. Wenn das bedeutet, das Geld zu verlieren, dann soll es so sein."

„Was?", stottert er. „Das hast du zwar gesagt, bevor du gegangen bist, aber ich konnte es damals nicht glauben, und ich kann es auch jetzt nicht glauben. Was wird mit dem Geld passieren, wenn du es nicht erbst und ich es auch nicht bekomme?"

Ich lächle, denn das ist der beste Teil daran. „Es ist alles vorbereitet, damit es an den *Neue Erde Fond für Frauen und Kinder* gehen kann. Ich mache von der Spendenoption Gebrauch."

„Neeeeein", ruft er.

„Doch. Finde dich damit ab, Antonio. Mach weiter. Keiner von uns beiden wird jemals das Geld bekommen. Warum heiratest du nicht einfach das Mädchen, mit dem ich dich gesehen habe?"

„Wen meinst du?"

„Eine anonyme Quelle hat mir ein Video von dir und deiner Assistentin beim Sex in deinem Büro zugespielt. Ich habe keine Ahnung, wer es mir geschickt hat, aber das war der Grund, warum ich gegangen bin."

Er sieht wirklich entsetzt aus. „Es kursiert ein Sexvideo von Rosa und mir in den Netzen?"

Ich zucke mit den Schultern. „Anscheinend? Wenn du dich dadurch besser fühlst, ich habe es sofort gelöscht."

Er seufzt und schüttelt den Kopf. „Die Frauen hier hassen mich jetzt. Ariana, du hast die Hälfte meiner Wählerschaft gegen mich aufgebracht."

„Hey, das hast du dir selbst zuzuschreiben. Alles, was ich getan habe, war, die Wahrheit darüber zu sagen, wie du mich behandelt hast. Ich habe dich nicht gezwungen, mich vor allen Leuten ‚fett' zu nennen."

Er hält inne. „Ich entschuldige mich dafür, Ariana. Meine Assistentin … Rosa … hat mich dafür zur Rede gestellt. Es hat sie wütend gemacht, wie ich dich behandelt habe, und … und ich sehe jetzt, dass es falsch war. Nachdem das Video veröffentlicht wurde, sind schwere Zeiten für mich angebrochen. Deshalb brauche ich dieses Geld und deinen Namen mehr denn je. Ich kann nicht …"

„Hey, wie wäre es, wenn wir einen Deal machen?", frage ich.

„Einen Deal?"

Ich lächle. „Ja, ich habe eine Idee, wie wir beide einen Vorteil aus der Sache ziehen können …"

NOCH EINE WOCHE SPÄTER …

„Antonio Flores, der Bürgermeister von Mumbai, hat unsere Scheinverlobung offiziell aufgelöst", verkünde ich.

Ich will Lieder singen, einen Schrank ausmisten … meinen Freund küssen. Freudig stürze ich mich in Skolls Umarmung, stelle mich auf meine Zehenspitzen und –

„Weibchen", knurrt er und stößt mich weg.

Ich schaffe es gerade noch, ihm einen kurzen Kuss auf seine vernarbte Wange zu drücken, aber hey, ich nehme, was ich kriegen kann.

Mein zukünftiger Ehemann reicht mir eine Tasse mit dampfend heißem Kaffee. „Du siehst heute Morgen sehr glücklich aus", bemerkt er.

„Hast du mir zugehört? Ich bin nicht mehr verlobt. Meine gespielte Verlobung gibt es nicht mehr, ich bin freeeei!"

Ein zustimmendes Lächeln huscht über seine harten Gesichtszüge und mildert seine Narben. Er schaut auf sein „Logbuch", in dem er alle Tage, die schon verstrichen sind, markiert, und die, die noch vor uns liegen, eingetragen hat. Ich benutze einen einfachen Kalender auf meinem Tablet, um den Überblick zu behalten, aber Skoll zieht seine altmodische Methode vor.

„Perfektes Timing", grunzt er, „denn in spätestens einer Woche wäre ich per Transporter nach Neue Erde gereist und hätte diesen Menschen geröstet."

„Wirklich?", frage ich und finde das unbeschreiblich sexy.

„Ja", knurrt er mit einer Stimme, die Felsen zertrümmern könnte. „Nichts wird mich daran hindern, meinen Schwanz an besagtem Tag in deiner jungfräulichen Muschi zu versenken."

Seine schmutzigen Worte lösen ein Kribbeln in meinem Bauch aus und ich will tatsächlich mehr davon hören. Ich will es dreckig, und zwar *so richtig*.

„Wie hast du das gemacht?"

„Hm? Was gemacht?"

„Wie hast du ihn überredet, die Verlobung zu lösen?"

„Oh ..." Ich nehme einen Schluck Kaffee und versuche, meine brennende Lust für einen Moment zu zügeln, damit ich meine Geschichte loswerden kann: „Es ist etwas Überraschendes passiert. Mein unechter Verlobter hat seine Assistentin geschwängert und er ... er hat tatsächlich die Verantwortung übernommen und sie geheiratet. Und jetzt bin ich aus dem Schneider. Somit ist es vorbei, ich bin nicht mehr verlobt und kann heiraten, wen immer ich will. Tja, und ich habe auch einen Deal mit ihm und seiner neuen Frau gemacht, dass, wenn sie sich auf die Unterstützung der Frauenrechte konzentrieren, sie immer auf dich und mich als Hauptspender für ihre Kampagne zählen

können. Außerdem habe ich beschlossen, eine Gewinnbe-
teiligung an die treuesten Mitarbeiter meines Vaters auszu-
schütten. Außerdem habe ich die Rechte an der Villa und
einen Treuhandfonds an einen entfernten Cousin übertra-
gen, der ein verantwortungsvoller Mensch zu sein scheint
und zufällig auch den Nachnamen Gonzalez trägt, was
perfekt ist. Josie Gonzalez hält nun die Ehre unserer
Familie auf der Neuen Erde aufrecht. Der Rest meines
Vermögens geht tatsächlich an den Neue Erde Fonds für
Frauen und Kinder. Das geschieht meinem Vater recht."

Er hebt mich auf den Küchentisch. „Beine auseinander", befiehlt er.

Ein Wimmern entweicht meinen Lippen, als ich tue,
was er verlangt. Ich kann nicht glauben, dass das passiert.
In den letzten fünf Wochen habe ich immer wieder
versucht, zumindest einen Kuss zu erhaschen –*irgendetwas*
–, doch bis jetzt hat dieser Mann nicht ein einziges Mal
eine sexuelle Berührung zwischen uns zugelassen. Und
jetzt will er, dass ich meine Schenkel öffne? Ich bin atemlos
vor lauter Vorfreude. Gut, dass ich heute einen kurzen
Rock und ein rosa Schlauchtop trage. Leichter Zugang.

Skoll schiebt meinen Rock hoch und senkt seinen Kopf.
Ich liebe den Anblick seines roten Gesichts und seiner
schwarzen Hörner zwischen meinen Schenkeln. Ein wildes
Knurren grollt in seiner Brust, als er seine Nase direkt an
meinem Höschen reibt. Er inhaliert, atmet meinen Duft
ein und stöhnt vor Leidenschaft.

„Was machst du da?", kichere ich, „Ich hoffe, ich
rieche frisch …"

„Du riechst wie blühende Feuerblumen."

Dann richtet er sich wieder auf und leckt mir langsam
mit dieser geilen, gespaltenen Zunge über den Hals. Ich
habe das Gefühl zu sterben, so gut fühlt es sich an. Wie es
wohl wäre, wenn diese Zunge zwischen meine Beine

gleiten und mich *dort* lecken würde? Seine riesige Erektion spannt wieder einmal seine Hose. Dieser Beweis seiner Erregung macht mich noch mehr an. Diese breiten, roten Schultern und seine flachen Bauchmuskeln sind zu köstlich. Ich kann dem Drang nicht widerstehen, ihn zu berühren und meine Hände über diese prallen Muskeln gleiten zu lassen.

Langsam verliere ich den Verstand, zittere vor Verlangen. „Bitte", flehe ich.

„Fass dich an", befiehlt er.

Oh Gott, ich liebe es, wenn er mir sagt, was ich tun soll. Er starrt mich an, als könnte er nicht genug von mir bekommen. Bisher hat er offenbar meine Speckröllchen und meine Cellulitis noch nicht bemerkt. Seine mit Krallen bestückten Hände streichen über die Vertiefung in meinem Rücken, in die sich mein BH vergräbt, und … es ist ihm völlig egal.

Ich kann nicht glauben, dass ich das tue, aber ich beiße mir auf die Lippe und lasse meine Hand über meinen weichen Bauch und unter mein Höschen gleiten und tauche meine Finger in meine Muschi.

Er lehnt seine Stirn gegen meine, während seine Augen sich ganz auf das konzentrieren, was meine Hand tut.

„Schiebe deine Finger weiter hinein und fange an, deine Klitoris zu berühren."

Erklärt mir Skoll gerade, wie ich masturbieren soll? Ich werde von einem Hyrrokinen-Männchen darin unterrichtet, wie man masturbiert? Ich kann mir das Grinsen nicht verkneifen, das sich dabei auf meinem Gesicht breitmacht. Er kennt das Wort „Übergewicht" nicht, aber „Klitoris" schon? Oh verdammt, ja. Dieser Hyrrokine gehört mir.

„Bist du feucht?", haucht er in mein Ohr.

Es schockiert mich fast ein wenig, wie feucht ich bin. „So feucht", sage ich mit leiser Stimme, „nur für dich." Ich bewege meine Finger dort unten und lasse ihn das verbotene Schmatzen meiner Säfte hören.

„Fang an, deine Klitoris zu reiben. Ich will sehen, wie du kommst. Ich kann dich nicht anfassen, aber du kannst es selbst tun."

Ich mache genau das, was er mir sagt. Mein Finger massiert meine Klitoris und ich werde verrückt vor Lust, vor Verlangen. Die ganze Zeit über ist er da und seine dunkle, rauchige Stimme redet auf mich ein, gibt mir Anweisungen: „Schneller, ich will, dass du glitschig genug für mich bist. Ich will dich mit meinem harten Schwanz ficken."

Mein Kopf fällt zurück und ich stöhne vor Verzweiflung. Sollte ich nicht bald kommen, könnte ich an den Qualen sterben.

„Warte ab, später werde ich deine Titten in meinen Klauen halten und an deinen Brustwarzen saugen und sie beißen, bis sie feuerrot sind."

Oh, wow.

„Das Gleiche werde ich mit deinem Arsch machen." Er greift um mich herum und umfasst meinen Hintern. „Verdammt, ich liebe deinen Arsch. Er ist so groß."

Ich halte inne, drehe meinen Kopf und versuche, meine roten Wangen zu verbergen.

„Was ist los?"

„Nichts …", lüge ich.

„Weiter", befiehlt er mit rohem Befehlston, „eines Tages werde ich diesen Arsch ficken. Ich werde deinen Mund und deine Muschi ficken, überall auf dir abspritzen, dich mit meinem Samen füllen und zusehen, wie du meinen Nachwuchs austrägst."

Okay, ich bin wieder im Spiel.

Ich fange wieder an, meine Muschi zu fingern und nach Erlösung zu suchen. Ich reibe meinen Kitzler auf die altbewährte Art und Weise, die ich in den letzten vier Jahren gelernt habe und die mich am schnellsten erregt. Dieses Mal jedoch werde ich gleichzeitig von Skoll berührt, beobachtet und herumkommandiert, und ... oh Gott. Gleich ... gleich ... ich keuche, weil ich so nah dran bin. Sein Schweif wickelt sich um meinen Knöchel und er stößt gegen meinen Oberschenkel. Ich fingere mich schnell ... schneller.

„Jetzt", befiehlt er mir.

Und da komme ich endlich. Ich lehne mich gegen ihn, während ich aufschreie und auf der Welle all dieser Glückseligkeit reite. Mein Orgasmus ist so heftig und intensiv, dass ich ein wenig Angst davor bekomme, wie es erst später sein wird, wenn wir richtigen Sex haben. Wie kann er das noch toppen?

Skoll stöhnt und lehnt sich zitternd gegen mich, als er in seiner Hose kommt. Es scheint ewig anzuhalten, als ob dieser Mann aufgestaute Frustration loslässt und endlich in der Lage ist, zu entladen, was er so lange zurückgehalten hatte. Es ist so viel Sperma, dass ich förmlich spüren kann, wie sich die feuchte Hitze durch den Stoff an meinem Oberschenkel ausbreitet. Und ich liebe es.

Unsere Atmung beruhigt sich und wir stehen eine Weile einfach da, die Arme umeinander gelegt.

„Das werden wir diese Woche nicht noch einmal tun", hechelt Skoll. „Wir werden unsere bevorstehende Verlobung nicht entehren. Wir werden damit warten, den nächsten Schritt zu tun."

Werden wir das?

„Noch eine Woche, Weibchen. Noch sieben Tage und dann gehörst du mir."

Zumindest kann niemand behaupten, dass wir uns nicht kennengelernt hätten, bevor wir unser Gelübde abgelegt haben.

14

SKOLL

Mitten in der Nacht wache ich auf.

Mein Wecker klingelt und zeigt mir an, dass es nach Mitternacht ist und der neue Tag bereits begonnen hat. Endlich ist die Zeit gekommen. Sechs Wochen sind vergangen und diese Heuchelei ist endlich vorbei. Ich kann Ariana Gonzalez offiziell fragen, ob sie meine Verlobte werden will. Wir sind frei, unsere Liebe füreinander zu besiegeln und eine rechtskräftige Partnerschaft einzugehen. Es gibt keine Hindernisse mehr.

Mein Herz pocht in meiner Brust und Feuer brodelt in meiner Kehle.

Mein.

Ich reiße die Tür zu meinem Zimmer auf, stapfe durch den Flur, hebe meine Frau auf meine Arme und bringe sie in mein Bett, wo sie hingehört. Dann gehe ich zurück, hole Snack und Häppchen und bringe sie ebenfalls in mein Zimmer. Sie springen auf dem Bett herum, während mein Weibchen im Halbschlaf murmelt: „Was ist los?"

„Nichts", antworte ich ihr und küsse sie auf die Stirn. „Schlaf weiter."

Sie denkt, dass wir heute mit der Planung unserer offiziellen Partnerschaftsdeklarationsfeier und der späteren Zeremonie beginnen. Mithilfe der anderen Menschenweibchen auf Tarvos habe ich das aber umgeplant. Nun ist heute schon der Tag, an dem sie und ich offiziell zu rechtlich anerkannten Partnern werden. Mit diesem Geschenk werde ich sie überraschen.

Ich ziehe sie in meine Arme, atme ihren Duft ein und schlafe schnell wieder ein.

Licht blendet mich und ich erwache, weil die Sonne schon hell durch das Fenster scheint. Snack miaut und klettert auf meine Brust. Meine Angebetete liegt eingerollt an meiner Seite und schläft immer noch. Leise hebe ich die beiden jammernden Kätzchen in meine Arme und erlaube meiner Liebsten, sich weiter auszuruhen. Bald wird es vor lauter Ficken nur mehr wenig Zeit zum Schlafen geben.

Ich füttere die Kätzchen und komme etwas später mit einem Frühstückstablett zurück.

Meine Süße erwacht schließlich durch die Bewegung des Bettes, als ich mich neben ihr niederlasse, durch das Miauen unserer Kätzchen und den Duft ihres Morgengetränks. Ich beobachte sie aufmerksam und erfreue mich an dem Moment, als sie realisiert, was los ist. Sie keucht und setzt sich aufrecht hin: „Oh mein Gott, ich bin in deinem Zimmer." Sie blickt nach unten, „Ich bin in deinem Bett."

„Das ist jetzt unser Zimmer und das ist dein Bett", antworte ich und reiche ihr eine Tasse Neue-Erde-Kaffee.

Sie blinzelt und starrt mich verwundert an, dann nimmt sie einen Schluck Kaffee. „Kann ich heute die Waffen in deinem Schrank ausräumen?"

„Ja", kichere ich, „aber du wirst vielleicht zu beschäftigt sein. Vielleicht solltest du noch warten und das morgen oder übermorgen machen."

Sie zieht eine Augenbraue hoch, dann wandert ihr

Blick an meiner Brust hinunter und sie bemerkt die zuneh-
mende Erektion, die meine Pyjamahose spannt. Sofort
stellt sie ihre Tasse auf dem Nachttisch ab, beugt sich vor
und versucht, mich zu küssen.

Doch ich drehe meinen Kopf weg.

„Skoll", jammert sie.

Ich lege eine einzelne Kralle an ihre schmollenden
Lippen. „Noch nicht, mein Weibchen." Ich möchte sie
auch küssen, aber ich werde warten.

Sie stößt ein genervtes Schnauben aus und erhebt sich
von unserem Bett, zieht sie sich aus und steht schließlich
nackt vor mir. „Worauf warten wir noch?", schreit sie.

Musste jemals ein Männchen in der gesamten
Geschichte hyrrokinischer Beziehungen solch einer Versu-
chung widerstehen? Ich begutachte sie von Kopf bis Fuß,
diese schweren Brüste und üppigen, blassen Kurven – und
den erotischen Anblick dieser menschlichen „Haare" auf
ihrem Hügel – trotzdem schaffe ich es irgendwie, meine
Krallen bei mir zu behalten.

„Ich werde es richtig machen oder gar nicht", sage ich.

Da fällt mir ein … ich werfe einen Blick auf die
Wanduhr und sehe, dass es kurz vor unserer vereinbarten
Zeit ist. Unsere Gäste treffen jeden Moment ein.

„Richtig machen? Was soll das heißen? Was ist denn
jetzt los?"

Ich stehe auf, gehe zum Kleiderschrank und hole die
Kleidung heraus, die sie heute tragen wird. „Hier, benutze
die Reinigungseinheit und zieh dir dann das hier an", sage
ich. „Ich habe eine Überraschung für dich geplant. Deine
neuen menschlichen Freundinnen sagen, dass du das heute
tragen wirst wollen. Angeblich hat es eine besondere
Bedeutung für euch Menschen."

Ihre Augen tränen. „Skoll, das ist ein Hochzeitskleid."

Ich zucke mit den Schultern.

. . .

Wir benutzen hintereinander die Reinigungseinheit und ziehen unsere feinste Kleidung an. Ariana braucht viel zu lange, um sich fertig zu machen, aber ich muss zugeben, dass das Ergebnis spektakulär aussieht. Sie ist das schönste Weibchen, die ich je gesehen habe, und sie gehört mir. Meine Angebetete ist ruhig und trägt ein breites Lächeln, das gar nicht mehr aufhören will. Sie ahnt wohl, was ich vorhabe, aber sie hat keine Ahnung, welches Ausmaß die geplante Feier hat.

Sie kommt auf mich zu und legt ihre Handflächen auf meine Brust. „Du bist ein hübscher Teufel", seufzt sie.

Ich gebe ihr mit einer offenen Klaue einen Klaps auf den Hintern. „Und ich mag es, wie die menschliche Kleidung deinen Arsch umschmeichelt."

Sie quietscht vor Freude und im Nu befinden wir uns – mit den Kätzchen im Korb – auf meinem Trike und rasen in Richtung des dichten Dschungels.

„Wohin fahren wir?", ruft sie.

„Das wirst du gleich sehen", antworte ich.

Die Bergbaufirma hat ein kleines Dorf von provisorischen Unterkünften und Ausrüstungslagern errichtet, genug, um den Bau einer neuen Straße, die durch den Dschungel vom Geysir zur Hauptstraße führt, zu rechtfertigen, wodurch meine Jagdhütte von zu viel Verkehr verschont bleibt. Auf diese Weise konnten sich die vielen Gäste heute auf das Grundstück schleichen, ohne dass Ariana etwas bemerkt hat.

Ich parke mein Gefährt neben einer Reihe von dicht nebeneinander wachsenden Rebstöcken und nehme den Korb mit den Kätzchen vom Lenker. Es ist ein überwältigender Tag. Die beiden Sonnen stehen hoch am Himmel und das Licht schimmert in Blau, Rosa und Orange.

Ich ergreife Arianas Hand, führe sie um die nächste Kurve und die Wildnis eröffnet sich vor uns in eine malerische Lichtung mit einem wunderbaren Blick auf den rauchenden Vulkan in der Ferne. Dies ist der Ort, an dem die Strikestones schon seit Jahrhunderten ihre offiziellen Partnerschaftszeremonien abgehalten haben. Meine Eltern an derselben Stelle getraut.

Vor sechs Wochen habe ich Caps Ehefrau angepingt, um sie zu fragen, ob sie für den heutigen Tag eine geheime Feier organisieren könnte. Sie quietschte laut durch das Tablet und stimmte sofort zu. Alle drei Menschenweibchen auf Tarvos haben sich zusammengetan, um die Zeremonie zu planen und Gäste einzuladen. Ich bin dankbar für ihren Einsatz, denn als ich mich umsehe, kann ich erkennen, dass sie eine elegante Feier geplant haben, die meinem Weibchen sicher gefallen wird.

Die Menge bricht bei unserer Ankunft in Beifall aus. Selbst ich bin überrascht, dass so viele Gäste gekommen sind.

Alle Hyrrokinen, mit denen sich Ariana seit ihrer Ankunft auf Tarvos angefreundet hat – einschließlich dieses Arschlochs Ashmoor und seines jüngeren Bruders – sind ebenso hier, wie Arianas menschliche Freunde und ihre ehemaligen Mitarbeiter von der Neuen Erde. Außerdem haben sich alle meine Kollegen von Geschmolzene Lava, die Bergbauleute und Techniker der Bergbaufirma, die unermüdlich mein flüssiges Gold fördern, versammelt. Im Grunde sind alle da, die wir kennen.

„Oh! Wie seid ihr alle hierhergekommen, ohne dass ich es bemerkt habe?" Meine Angebetete startet los und beginnt allerhand Gäste zu umarmen, einen nach dem anderen. Während sie alle begrüßt gehe ich hinüber, um zuerst den acht Mitgliedern des Teams Geschmolzene

Lava die Hand zu schütteln, die alle in offizieller Militärkleidung erschienen sind.

Einiges an Zeit verstreicht, während ich mir meinen Weg durch die Menge bahne und viele weitere Hände schüttle. Ich führe genug „Small Talk" für ein ganzes Leben, dann gehe ich zu Ariana, nehme ihre Hand und ziehe sie weg von einer Gruppe plaudernder Weibchen und hinauf auf eine provisorische Bühne. Sie kommt mit mir nach oben, kichert nervös und steht stramm.

Überall um uns herum brennen Fackeln. Die Brise weht die dunklen Haare meiner Liebsten von ihren goldfarbenen Schultern. Es ist ein bezaubernder Moment.

Ich warte, bis sich die Menge beruhigt hat.

Schließlich, als es ruhig wird, gehe ich auf die Knie, so wie ich es bei den anderen Mensch-Hyrrokinen-Zeremonien, an denen ich teilgenommen habe, gesehen habe. Ich habe gelernt, dass das Beugen eines Knies und der Austausch der Ringe für die Menschen wichtig ist und ich möchte, dass Ariana alles bekommt, was sie sich wünscht.

Nun nehme eine kleine schwarze Schachtel aus meiner Tasche und überreiche meiner Göttin einen funkelnden Diamantring. Avery, Chloe und Riley haben mir dabei geholfen, diesen besonderen Ring auszusuchen und zu kaufen. Unsere gemeinsame Anstrengung wird mit einem Freudenschrei meiner Angebeteten belohnt.

Ich nehme ihre Hand in meine Klaue und spreche laut, damit es jeder hören kann: „Ariana Gonzalez, ich erkläre heute vor Familie und Freunden, dass du nicht nur meine beste Freundin bist, sondern die Frau, mit der ich den Rest meiner Tage verbringen möchte. Du bist mutig, loyal und sexy wie die Hölle." Ich halte inne, um das Kichern der Menge abzuwarten, dann fahre ich fort: „Ich bin dankbar dafür, wie du meine Sammlung organisiert und Liebe in mein Leben gebracht hast, und dafür, dass du

es mit einem älteren Soldaten aushältst, der mit einer tief-
sitzenden Wut kämpft. Wirst du als meine Ehefrau auf
Tarvos bleiben, bis ans Ende aller Tage, und mir die Ehre
erweisen, nicht nur meine Partnerin, sondern auch die
Mutter zukünftiger Strikestones zu werden?"

Ihre Augen sind feucht, als sie wieder erfreut aufquiekt.
„Auch ich muss dich etwas fragen ...", sagt sie dann liebevoll, als sie plötzlich selbst einen großen Ring aus ihrer
Tasche zieht. Das kommt völlig unerwartet. Was ist denn
jetzt los?

Sie greift nach unten und umschließt meinen
vernarbten Kiefer mit ihrer kleinen Hand.

„Skoll, ich habe diesen Ring vor sechs Wochen für dich
gekauft und seither auf den Tag gewartet, an dem ich ihn
dir an den Finger stecken kann. Ich liebe dich ... so sehr
... und ich bin unendlich dankbar, ein Männchen in
meinem Leben zu haben, das mich genau so liebt, wie ich
bin. Ich bewundere dich für deine Stärke, deine Tapferkeit
und deine Ehrbarkeit und würde dich gerne zum
Ehemann nehmen und die Mutter zukünftiger Strikestones
werden."

Ich stehe auf und wir stecken uns gegenseitig die Ringe
an die Finger.

Dann nehme ich sie in die Arme und küsse sie vor all
unseren Gästen, um der ganzen Welt zu zeigen, dass sie
mir gehört.

Dies ist der erste Kuss meiner Ehefrau und ich sorge
dafür, dass er genau so ist, wie sie ihn sich immer
gewünscht hat. Zuerst lege ich die silberne Spitze einer
meiner Krallen unter ihr weiches Kinn, beginne mit einem
sanften, forschenden Kuss, dem einfachen Berühren ihrer
Lippen. Als sie aufstöhnt und ihren Mund öffnet – das ist
die einzige Einladung, die ich brauche –, ziehe ich sie fest
an mich. Ihre üppigen Brüste drücken gegen meine Brust

und meine gespaltene Zunge verschwindet in ihrem Mund. Sie schlingt beide Arme um mich und saugt an meiner Zunge. Wir passen perfekt zusammen. Ich küsse sie hart und heftig, mit all der Liebe und Leidenschaft, die sich in den letzten sieben Wochen für sie aufgestaut hat, dann drücke ich sie noch fester an mich und schiebe einen Schenkel zwischen ihre Beine, weil ich will, dass sie weiß, wie sehr ich mich nach ihr sehne.

Schließlich beende ich den Kuss und halte sie für einen Moment an den Armen fest – sie scheint tatsächlich weiche Knie bekommen zu haben.

Die Menge bricht erneut in Applaus aus und Ariana und ich steigen von der Bühne herunter und begeben uns zurück in die Menge der Gratulanten.

Irgendwie passiert es mir, dass ich am Buffet in der Warteschlange neben Thayne Ashmoor lande. „Du bist der Nächste", sage ich ihm. „Es ist Zeit für dich, deine Vergangenheit hinter dir zu lassen und es noch einmal zu versuchen."

Sein Kiefer krampft sich zusammen. „Nein", antwortet er. „Ich werde mich nie wieder an eine Partnerin binden."

„Sag niemals nie."

Wenig später spielen die Menschenfrauen irgendeine Art von „Musik", Ariana packt meine Hand und zieht mich in einen Tanz, der ihr sehr viel zu bedeuten scheint, denn ihre Augen sind feucht von Tränen, während wir uns gemeinsam zu den Klängen bewegen. Ich küsse sie wieder und fasse ihr an den Hintern und … das wars. Meine Selbstbeherrschung hat nun eindeutig ein Ende.

„Ich muss dich haben, jetzt", grummle ich ihr ins Ohr.

Sie zittert in meinen Armen.

„Wir werden bald gehen. Ich will es mit dir in dem Bett machen, das die Strikestones seit Jahrhunderten benutzt haben. Ich will dich dort ficken und mit meinem Samen füllen, wo wir künftig immer schlafen werden, in dem Zimmer, das neben dem unseres zukünftigen Nachwuchses liegt."

„Okay", haucht sie.

Ich kann ihre Erregung, die unverkennbar in der Luft liegt, riechen.

Dann drehe ich mich um, nehme den Korb mit den Kätzchen und reiche ihn Avery und Hannibal. „Kümmert euch um Snack und Häppchen", bitte ich sie. „Ich werde sie in zwei Tagen wieder abholen."

Hannibal nickt und ist sich der enormen Verantwortung, die er trägt, bewusst.

Ich ziehe Ariana von der Tanzfläche, hebe sie in meine Arme und trage sie aus der Menge.

„Hier, jemand muss den Strauß fangen", schreit meine Geliebte. Ich habe keine Ahnung, was ein „Strauß" ist, aber sie wirft das Blumenbündel, das sie bei sich trägt, in die Luft, und ein Hyrrokinen-Weibchen in der Nähe fängt es freudeschreiend auf.

Fixiert darauf, sie in mein Bett zu bringen, schüttle ich den Kopf.

Ich hebe Ariana hinten auf mein Trike und wir lassen die Festgesellschaft zurück. Mit meinem Weibchen im Gepäck fahre ich durch die Wildnis. Ihre dunklen Haarsträhnen wehen im Wind und ihr seltsames weißes Kleid flattert hinter ihr in der Luft.

„Das hier sind unsere Flitterwochen", sagt sie und bezieht sich dabei auf eine alte menschliche Tradition.

Ich parke direkt vor dem Haupteingang der Jagdhütte, steige ab, nehme sie wieder in meine Arme, trete die Haustür auf und trage sie über die Schwelle. Sie stößt ein heiseres Lachen aus, als ich den Flur hinunterstapfe, eine weitere Tür auftrete und sie dann auf das Bett werfe.

Ich kann nicht länger warten, hocke mich auf den Boden und wühle mich durch die weißen Schichten, die die untere Hälfte ihres Körpers bedecken. Schließlich gelingt es mir, all ihre Röcke hochzuschieben und das Dreieck zwischen ihren üppigen Schenkeln freizulegen. Ungeduldig zerreiße ich den Stoff, der ihren Hügel bedeckt, und blicke wieder auf ihre Muschi, die mit demselben dunklen „Haar" bedeckt ist, das sich auf ihrem Kopf befindet. Ich habe heute schon einmal einen Blick darauf erhascht, aber das ist das erste Mal, dass ich meine Geliebte nach Herzenslust erforschen kann, ohne irgendwelche Barrieren zwischen uns berücksichtigen zu müssen.

Also greife ich nach unten, packe ihre üppigen Schenkel und drücke sie auseinander. Ich kann nicht glauben, wie perfekt sie ist. Sie ist so feucht, nur für mich. Ich küsse ihre Oberschenkel und die Oberseite ihres Bauches.

„Bitte, Skoll", fleht sie. „Ich brauche dich."

Ich benutze meine Krallen, um ihre Schamlippen vorsichtig zu spreizen und lecke an der Grube unter den erotischen Locken. Sie greift nach unten und packt meine Hörner, zieht mich näher heran. Ich verbringe außerordentlich viel Zeit damit, mit meiner gespaltenen Zunge all ihre intimsten Stellen zu necken. Sie ist so feucht und sie schmeckt fantastisch. Ich schließe meine Lippen um ihre Klitoris, sauge fest und höre, wie sie vor Verlangen aufschreit. Ihre Geräusche und der Griff an meine Hörner sind Hinweise, die ich langsam verstehe. Hinweise dafür, dass sie will, dass ich mit meiner Zunge direkt an ihrem Kitzler lecke.

Sie wirft ihren Kopf von einer Seite zur anderen. „Ja, ja, hör nicht auf." Sie lässt ein Horn los, greift nach dem Widerhaken an der Spitze meines Schweifes und ich könnte direkt in meiner Hose kommen, so erotisch fühlt sich dieser Druck an. Ich fange an, mich genau darauf zu konzentrieren, was mein Weibchen von mir braucht. Sie muss unter meiner Zunge kommen, damit ich sie für ihr erstes Mal mit meinem großen Schwanz vorbereiten kann. Da sie so klein und eng ist, will ich, dass sie vorbereitet ist.

Schließlich fängt sie an, Worte herauszupressen, die ich nicht verstehe, und kommt zum Höhepunkt. Während ich sie weiter lecke, wölbt sich ihr Rücken vom Bett und sie lässt ihrem Orgasmus freien Lauf.

Als sie wieder zu Sinnen kommt, lasse ich mich zurück auf meine Fersen sinken und benutze meinen Handrücken, um ihre Säfte aus meinem Gesicht zu wischen.

„Du bist dran", keucht sie.

Ich schaue sie fragend an.

Plötzlich kniet meine Ehefrau neben mir, ihre weißen Röcke sammeln sich in einem Bausch um sie herum. „Steh auf", befiehlt sie. „Ich muss dich ansehen."

Ich knurre als Antwort und komme schnell wieder auf die Beine. Ihre kleinen Hände packen meine Gürtelschnalle, sie öffnet meine Hose, nimmt meine enorme, riesige Erektion in die Hand und seufzt vor Entzücken über das, was sie sieht. Dann öffnet sie ihren kleinen Mund und nimmt so viel von meiner pulsierenden roten Latte hinein, wie sie nur kann.

Ich bin beeindruckt von ihrer scheinbar angeborenen Fähigkeit, meinen Schwanz zu lutschen. Ich nehme ihr Haar in meine Klaue und dirigiere sie. „Schneller, tiefer", knurre ich. Sie gehorcht.

Dann stoppe ich sie, weil ich schon beim ersten Mal in ihr kommen möchte, damit in ihrem Bauch unser Kind heranwachsen kann.

Ein überraschter Schrei kommt ihr über die Lippen, als ich sie hochhebe und zurück auf das Bett werfe. Meine schwarze elegante Hose baumelt an meinen Hüften und mein Schwanz ragt hoch in die Luft, während sich meine Knie in das Bettzeug graben. Ich stütze einen Ellbogen auf, während ich wieder ihre voluminösen Röcke beiseite schiebe. Sie spreizt ihre Schenkel und ich führe meinen Schwanz an ihren klatschnassen Eingang. „Dieses Mal wird es schneller gehen, weil ich es nicht erwarten kann", warne ich sie. „Beim nächsten Mal werde ich länger durchhalten."

Sie nickt knapp, schlingt eine Hand um meinen Nacken und zieht mich für einen leidenschaftlichen Kuss zu sich heran.

Es ist das erste Mal für mein Weibchen, also behandle ich ihren Eingang mit größter Vorsicht. Ich schiebe die Spitze meines Schwanzes vorsichtig in sie hinein und gleite dann vorsichtig tiefer in sie. Sie wimmert gegen meine Lippen und ich beginne mit kleinen Stößen. Das mache ich so lange, bis ich nicht mehr länger warten kann und den Rest meines Schwanzes bis zum Ansatz in voller Länge in meine Angebetete stoße.

Ihr Rücken bäumt sich auf und ihre stumpfen Nägel kratzen an meinem Rücken entlang, doch dann schreit sie „mehr", und ich versenke mich erneut in ihr.

Ihre Muschi ist enger und heißer, als ich sie mir je erträumt habe, und ich werde nicht lange durchhalten können. Gut, dass ich sie bereits gewarnt habe. Weil ich will, dass sie sofort kommt, greife ich nach unten und reibe an ihrer Klitoris, während ich mich immer wieder in sie schiebe.

Sie windet sich unter mir, während ich eine Hand auf ihre Hüfte stütze und sie hart ficke. Schließlich zieht sie sich aus unserem Kuss zurück, wirft ihren Kopf zurück und schreit, als sie zum zweiten Mal kommt. Ihr Inneres klammert sich um meinen Schwanz, als sie von einer Welle der Lust nach der anderen getroffen wird.

Und dann komme ich auch.

Ich beiße in ihre Schulter und halte sie fest, während ich immer noch tief in ihr stecke und meinen Samen in sie pumpe.

Dies ist der schönste Moment meines Lebens.

ETWAS SPÄTER ZIEHEN wir unsere schönen Sachen aus und legen uns nackt und verschwitzt wieder in unser Bett zurück, verweben unsere Gliedmaßen miteinander.

Da ertönt ein nerviger Ping.

„Wer stört?", frage ich, denn ich bin bereit, meine Ehefrau gleich noch einmal zu ficken, und das kann nicht warten. Ich beginne, meinen Schwanz von der Basis bis zur Spitze zu streicheln, um mich darauf vorzubereiten, meinen Samen erneut in sie zu pflanzen. Im Grunde will ich, dass sie zumindest die nächsten zwei Tage ständig mit meinem Duft und meinem Samen erfüllt ist.

Sie sieht auf ihr Tablet: „Oh wow. Der Verteidigungs-minister hat mir eine Nachricht geschickt, um mir persön-lich dafür zu danken, dass ich das ‚Skoll-Strikestone-Entwaffnungsprojekt' übernommen habe", kichert sie. „Anscheinend war das für die Regierung tatsächlich von großer Bedeutung?" Dann sieht sie mich anklagend an: „Viele Hyrrokinen haben versucht, dich dazu zu bringen, deine Waffen zu sortieren und neu zu organisieren, und ausgerechnet ich war diejenige, die zu dir durchgedrungen ist?"

Ich grinse. „Nur du."

„Ich nehme an, weil du wusstest, dass ich mit Liebe an die Sache herangegangen bin?"

Ich halte inne und denke kurz nach. „Ja", stimme ich

zu und küsse ihren Bauch, „genau das ist der Grund."

Sie liest weiter. „Aber jetzt will mich die Regierung einstellen. Ich schätze, nach diesem Projekt gelte ich als jemand, der sich auf die Umstrukturierung und den Umgang mit Hyrrokinen-Waffen spezialisiert hat? Nun, ich habe enorm viel Zeit in Forschung investiert und gelernt, wie man all diese verschiedenen Waffentypen identifiziert und richtig lagert, also ist es wohl verständlich. Die Jungs von Geschmolzene Lava wollen auch, dass ich ihnen bei zukünftigen Projekten helfe. Wow, ich werde viel zu tun haben."

„Es ist klug von ihnen, dich zu engagieren", antworte ich und nehme ihre herrlichen Brüste in meine Klauen. Diesmal werde ich ihren Brustwarzen die ganze Aufmerksamkeit schenken, die sie verdienen. „Du hast viel dazugelernt und außerdem ist es einfach, mit dir zu arbeiten."

„Wirklich, ist es das? Danke."

Ich lecke über ihren Hals.

„Ich möchte, dass du weißt, dass ich stolz auf die ganze Arbeit bin, die du geleistet hast", sagt sie zu mir. „Und ich spreche nicht nur von den Veränderungen, die du zugelassen hast, sondern auch davon, wie du völlig fremde Personen auf dein Grundstück gelassen und ihnen deine Sammlung und deine Mineralienrechte anvertraut hast. Ich weiß, dass das schwer für dich war."

„Das war es", stimme ich zu und beiße auf eine ihrer köstlichen Brustwarzen. Dann lasse ich mich auf den Rücken fallen, ziehe sie über mich und setze sie auf meinen harten, in die Luft ragenden Schwanz.

„Ooh." Sie stützt ihre Handflächen auf meine Brust und sinkt langsam nach unten. „Ich liebe dich", keucht sie.

„Ich liebe dich auch, Schatz", antworte ich, während ich ihren üppigen Hintern streichle, „ich liebe dich auch …"

EPILOG

Skoll

Fünf Jahre später …

Meine Ehefrau hebt ihre zarte, krallenlose Hand und fährt mit der weichen Kuppe ihrer stumpfen Finger an den Rändern meiner Narbe entlang. Sie zeichnet sie nach – von direkt unter meinem Auge, über meine Wange, über meine Lippen und den ganzen Weg hinunter bis an die Stelle, an der sie oben an meinem Schlüsselbein endet. Dann küsst sie zärtlich alle Stellen, die sie zuvor mit dem Finger berührt hat.

Das wird nie langweilig.

Wir leben in der gleichen Nachbarschaft, in der auch die Touchstones und viele Mitglieder des Teams Geschmolzene Lava wohnen. Unser Domizil befindet sich gleich um die Ecke von Hannibal und in der Nähe von Arianas neuen menschlichen Freundinnen. Wir bleiben die meiste Zeit während des Schuljahres hier und verbringen nur die Schulferien und die Tage der Feuersonnenwende auf dem Strikestone-Grundstück.

Unsere fünfjährige Tochter, Ariana Gonzalez-Strikestone, schläft in ihrem Zimmer. Auch ihr zweijähriger Bruder, Skolter Strikestone, schläft noch.

„Ich kann nicht glauben, dass sie heute Morgen tatsächlich ausschlafen darf", keucht mein Schatz.

„Beeil dich", treibe ich sie an, „sie werden bald aufwachen."

Meine Ehefrau ist hochschwanger mit unserem dritten Sprössling und braucht dringend meine Männlichkeit. Ich habe sie bereits in der Reinigungseinheit zum Orgasmus geleckt, aber jetzt will sie, dass ich sie von hinten ficke. Wir liegen gemeinsam im Bett und sie hat ihr Bein über meinen Oberschenkel geschlungen, um mir den Zugang zu erleichtern. Wir haben schon einiges ausprobiert und herausgefunden, dass dies für uns beide die komfortabelste Stellung während ihrer letzten Wochen ist.

„Schneller", fordert sie.

Ich stoße fester zu, was ihre Brüste verführerisch hüpfen lässt. „Fass dich an", befehle ich, wohl wissend, dass sie es liebt, wenn ich das sage.

Sie fügt sich, wir wiegen uns in unserem Rhythmus und kommen dem Höhepunkt immer näher, bis sie aufschreit. Während ich mit ein paar letzten harten Stößen auch zum Orgasmus komme, halte ich sie fest, grunze tief vor Vergnügen und spritze meinen Samen in sie.

Als ihr Atem langsamer wird, greift sie nach oben und klopft mir auf die Schulter. „Danke, Baby."

Ich küsse sie auf die Stirn und ziehe mich aus ihr zurück.

Ein Ping ertönt auf meinem Tablet.

„Wer ist es?", fragt meine Angebetete.

Ich greife nach dem Tablet und stoße ein leises Kichern aus. „Es ist Dagr, der Sohn von Hannibal."

„Was will er denn diesmal?"

„Er will wahrscheinlich Details über den Flammen-wurfwettbewerb rausfinden, den ich organisiert habe."

„Du hast was? Noch ein Flammenwurfwettbewerb? Nein. Aber Skoll –"

Ich küsse ihre Lippen. „Keine Sorge, ich verspreche, diesmal werde ich niemanden verstümmeln, sondern nur verbrennen."

Sie verdreht die Augen. „Oh Gott. Pass auf dich auf", warnt sie. „Ich bin kurz vor der Entbindung und kann den Stress nicht gebrauchen."

„Das werde ich, versprochen", sage ich, als ich plötzlich die Schreie meiner beiden hungrigen Katzen höre, die ungeduldig im Flur darauf warten, gefüttert zu werden.

Noch einmal ziehe ich meine Geliebte in meine Arme, streichle ihren prallen Bauch und verteile Küsse an ihrem Hals.

Mein Weibchen seufzt vor Freude.

„Mein Schatz?", frage ich.

„Ja?", haucht sie.

„Passt du auf Snack und Häppchen auf, während ich weg bin?"

„Ja", lacht sie, „ja, natürlich tue ich das."

ENDE

Bereit für mehr Monster, die ihre kurvigen Mädchen lieben? Hol dir die Geschichte von Thayne & Charlotte! Erscheint im 2021!

.   .   .

DER NACHDENKLICHE FEUERLORD von Ashmoor Manor bindet sich an ein bezauberndes kurviges Menschenweibchen!

Ich werde heute heiraten und bin so verdammt deprimiert.

Mein Brautkleid ist einzigartig. Der Ring ist atemberaubend. Aber mein Bräutigam ist das personifizierte Böse und ich werde in diese todgeweihte Ehe gezwungen. Ich stehe kurz davor, in einen fürchterlichen Heulkrampf auszubrechen.

Plötzlich, wie von Geisterhand, öffnen sich genau in diesem Moment die Kirchentüren.

Frauen schreien und Kinder rennen durcheinander, als ein riesiger satanisch aussehender Außerirdischer den Gang hinunterstampft, mit dem Schweif peitscht, Flammen speit und mit jedem Schritt das Chaos noch verschlimmert. Er sieht mich direkt an.

„Charlotte Cruz?", fragt der Teufel mich.

Sprachlos vor Angst nicke ich zittrig.

Das Monster grunzt eine Antwort, hebt mich hoch und trägt mich vom Altar davon.

HOLEN SIE SICH IHR KOSTENLOSES BUCH!

Tragen Sie sich in meine E-Mail Liste ein, um als erstes von Neuerscheinungen, kostenlosen Büchern, Sonderpreisen und anderen Zugaben zu erfahren.

https://geni.us/jungfrauunddervampir

ÜBER DIE AUTORIN

Michele Mills lebt in Kalifornien und führt mit ihrem
Mann und ihren beiden Söhnen ein Leben der ruhigen,
jugendfreien Verzweiflung. In einem Versuch, ein erfülltes,
nicht ganz so jugendfreies Privatleben als Frau zu führen,
das keine Disney-Filme und Kinderserien beinhaltet, liest
und schreibt Michele schmutzige Romanzen und, nun ja
… schmutzige Romanzen. Und sie würde es auch nicht
anders haben wollen.